Au jeu de la chance

Chère Lectrice,

*Duo vous propose d'oublier un instant
le quotidien.*

*La nouvelle Série Désir vous offre
la séduction, la jalousie, la tendresse,
la passion, l'inoubliable...*

*La Série Désir vous entraîne dans un monde de
sensualité où rien n'est ordinaire.*

*La Série Désir publie pour vous quatre
nouveautés par mois.*

Série Désir

STEPHANIE JAMES

Au jeu de la chance

Les livres que votre cœur attend

Titre original : *Velvet Touch* (11)
© 1982, Jayne Krentz
Originally published by SILHOUETTE BOOKS
a Simon & Schuster division of Gulf
& Western Corporation, New York

Traduction française de : Isabelle Sainte-Suzanne
© 1983, Éditions J'ai Lu
31, rue de Tournon, 75006 Paris

1

– Tu es complètement folle!

Cette phrase résonnait encore aux oreilles de Lacey Seldon lorsqu'elle sortit, au volant de sa petite Fiat rouge, du car-ferry de l'Etat de Washington. Nerveuse, la voiture grimpa la pente qui débouchait sur l'île verdoyante où la jeune femme avait décidé de passer l'été.

Combien de fois avait-elle entendu ces mots, et d'autres tout pareils, depuis qu'elle avait pris la décision qui avait fait exactement l'effet d'une bombe? A l'heure qu'il était, la rumeur devait encore s'étendre en vagues légères au-dessus des champs de blé de son Iowa natal jusqu'à la petite ville universitaire du Midwest où elle avait grandi et vécu pendant vingt-neuf ans.

– Tu es folle!

Tout le monde le lui avait répété. Y compris le directeur de la bibliothèque, d'une voix douce et paternelle, alors qu'elle venait lui remettre sa démission.

Ses parents, bien sûr, le lui avaient dit, et sa mère

avait fondu en larmes en apprenant la nouvelle. Son père, banquier, et son frère, agent de change, avaient abordé l'aspect économique de son projet.

– Abandonner un bon métier au moment précis où tu allais bénéficier d'une promotion? Ne sois pas stupide, Lacey!

– Tu n'as même pas d'autre situation en vue. Attends au moins d'avoir trouvé quelque chose!

– Quant à vivre un certain temps sur le produit de la vente de ta maison, soit! mais, à long terme, ce n'est pas raisonnable et tu pourrais plus tard avoir besoin de cet argent pour quelque chose de beaucoup plus grave.

Il y avait plus d'émotion dans les arguments développés par sa mère. Elle, au moins, disait tout ce que les autres pensaient sans l'exprimer.

– Mais tu ne peux pas t'en aller comme ça! Tu as toujours vécu ici. Tes racines sont ici. Sois raisonnable et épouse plutôt ce charmant professeur de psychologie. Tu serais une mère idéale pour ses deux adorables bambins. Pourquoi fais-tu cela? Tu as été une enfant facile, bien élevée. Ton père et moi avons toujours été fiers de toi. Sauf peut-être au moment de ton divorce, avait-elle ajouté pensivement. Mais, de toute façon, nous savions que ce n'était pas ta faute. D'ailleurs il remonte à deux ans et tu as eu tout le temps de t'en remettre. Tu n'es pas faite pour vivre sur la côte Ouest et tu sais très bien quelle sorte de gens on rencontre là-bas. Toi qui as toujours été si gentille, si compréhensive!

La vente des meubles de Lacey fut un événement dans l'histoire de la petite ville. Personne ne s'en allait jamais et on n'avait guère l'habitude de ce genre de pratique. Sous le grand arbre qui ombrageait la cour, Lacey avait aligné tout ce qu'elle possédait en ce monde. Sa maison avait été vendue deux semaines plus tôt et Lacey s'apprêtait à la quitter aussitôt après la liquidation de son mobilier.

Tout le monde était venu, guidé surtout par la

curiosité. Le résultat, cependant, fut un succès. Tante Selma, celle qui ne s'était jamais mariée, avait longuement observé cette foule de curieux avant de lancer un clin d'œil complice à sa nièce. Elle semblait la seule de la famille qui puisse la comprendre. Peut-être, pensait Lacey, parce qu'elle se souvenait d'avoir ressenti, à l'âge décisif de ses propres trente ans, l'impression d'être prise au piège d'une petite ville où chaque habitant connaissait tout de son voisin.

– Je vais ramener ta mère à la maison boire une tasse de café, lui glissa Selma avec fermeté. Sinon cette journée ne s'achèvera pas sans qu'elle tombe en syncope.

Mais, comme Lacey l'avait prévu, sa mère survécut à ses émotions. Elle n'était pas pour rien la descendante de ces femmes fières et fortes qui avaient forgé la réputation du Midwest dans le cœur des Américains. Et quand, au bout du compte, Lacey se retrouva adossée à sa voiture face à toute sa famille rangée sur le trottoir, devant la maison où elle était née, c'est sa mère, en personne, qui prit la parole d'une voix assurée.

– Au fond, ma chérie, je crois que tu mérites mieux que ce charmant professeur. Mais tu admettras qu'il était normal que nous te mettions en garde. Après tout, il existe peut-être quelqu'un, là-bas, sur la côte Ouest, qui saura te rendre heureuse...

Mme Seldon avait les pieds sur terre. Lacey allait avoir trente ans, il lui fallait un mari. Autant la laisser le chercher ailleurs puisqu'elle ne semblait pas résolue à le trouver ici.

Lacey les avait tous embrassés : sa mère, sa tante, son père et son frère. Ils lui avaient recommandé d'écrire souvent, d'être prudente et de ne pas oublier de revenir un jour ou l'autre. Pour la première fois depuis qu'elle avait pris sa décision, Lacey s'était surprise à pleurer.

Assise au volant de sa petite Fiat surchargée de

bagages, ses yeux embués l'avaient empêchée long-temps de bien distinguer la rue à travers le pare-brisc. Mais ses larmes avaient séché quand elle s'était retrouvée hors de l'Iowa.

Non, elle n'était pas folle! Et c'était sans doute, pensa-t-elle en souriant, la première fois qu'elle agissait avec intelligence après tous les épisodes conventionnels et raisonnables qui avaient jalonné sa vie.

Au cours de son long voyage à travers le Midwest et les montagnes Rocheuses, elle n'avait cessé d'imaginer l'île pittoresque et verdoyante qui l'at-tendait au milieu de l'archipel de San Juan, face à la côte de l'Etat de Washington.

Elle se sentait attirée là-bas comme l'aiguille aimantée d'une boussole, symbole du changement de direction de sa propre existence. Là-bas com-mencerait une période dont Lacey se disait qu'elle effacerait ses dix dernières années gâchées.

Maintenant qu'elle était arrivée dans l'île dont elle suivait la petite route circulaire, elle pensait à toutes ces années perdues, celles de ses vingt ans. Des années combien précieuses qui auraient dû lui permettre de découvrir le monde, d'exercer un métier passionnant, de prendre des risques et de vivre, pourquoi pas, un grand amour...

Tout ce temps écoulé, dont le bilan se soldait par un mariage raté, un travail devenu une routine et l'espoir enfui de mener une vie tant soit peu exci-tante.

Mais c'était décidé. Dès cet été Lacey Seldon prendrait son existence en main, bien résolue à ne pas recommencer les erreurs du passé. A trente ans, elle s'apercevait que la vie était courte et qu'il fallait savoir en profiter avant qu'il ne soit trop tard.

La petite carte routière dessinée au dos de la brochure adressée par l'auberge était assez précise. La route sinueuse glissait sous les roues de la Fiat, bordée de pins d'un côté, découvrant de jolies vues sur la mer de l'autre.

Une pancarte annonça le carrefour où Lacey devait tourner. Elle se retrouva sur une route plus étroite qui descendait vers la pointe d'une petite baie tranquille.

Là, joliment campée devant la mer, se dressait l'auberge Randolph. Lacey sourit. Elle ressemblait en tous points à l'image qu'en donnait le dépliant touristique.

La maison était construite en pierre avec de grosses poutres de cèdre qui lui donnaient une allure démodée mais originale. Une large véranda ceinturait le deuxième étage. Devant l'entrée principale, une grande pelouse s'étendait jusqu'au rivage que venaient lécher quelques petites vagues paresseuses. Derrière l'auberge, elle aperçut les bungalows confortablement abrités sous les pins. L'un d'eux lui était destiné.

Lacey arrêta la voiture. Elle retira le foulard qui maintenait ses longs cheveux auburn qu'elle secoua nerveusement. Voilà deux ans qu'elle les laissait pousser. Personne alors n'avait remarqué l'amorce d'une révolte contre la façon un peu stricte dont elle attachait habituellement ses cheveux derrière la nuque.

Mais aujourd'hui, comme pendant tout son long voyage d'une semaine, elle laissait sa belle chevelure fauve danser librement sur ses épaules. Ses yeux bleu-vert, légèrement bridés, étaient soulignés de sourcils châtains comme ses cheveux. Son regard était plein d'intelligence et de malice, débarrassé de cette expression inflexible et opiniâtre si caractéristique des femmes du Midwest.

En toute lucidité, Lacey croyait que son visage donnait d'elle-même une image agréable, sans plus. Depuis des années, elle restait persuadée que ses traits ne correspondaient pas à ceux, plus fins, qu'elle aurait souhaités en harmonie avec ses beaux cheveux sombres. La combinaison d'un nez droit et bien dessiné, de pommettes saillantes et d'une bouche toujours prête à sourire n'avait rien de déplaisant, mais l'ensemble ne dégageait pas un réel épanouissement.

Il y avait plusieurs manières, pensait-elle, de camoufler ce manque de sex-appeal. D'abord la façon de s'habiller. Ainsi, sortant de sa voiture, elle laissa tourbillonner une robe plissée de soie jaune autour de sa silhouette élancée. Cette robe, pas de doute, mettait en valeur une petite poitrine bien faite et des hanches gracieuses. Ses pieds nus chaussés de sandales à lanières et de grands anneaux accrochés à ses oreilles lui assuraient, pensait-elle, une allure enjouée et parfaitement décontractée. Mettant à son épaule son grand sac de cuir souple, elle se dirigea vers l'entrée principale de l'auberge.

Il faisait très chaud. Une de ces belles journées d'été dont l'archipel San Juan peut se glorifier. Plusieurs clients assis à l'étage, sur la terrasse couverte, sirotaient une boisson fraîche. Quelque part, avait-elle lu dans la brochure, il devait y avoir une piscine, découverte l'été.

Elle entra dans le hall qui était vide. Personne ne se tenait derrière le bureau d'accueil d'un modèle très ancien. Personne. Elle agita la petite cloche placée sur la table tout en examinant la pièce. Après quelques minutes, comme personne ne venait, elle haussa les épaules et se dirigea vers la fenêtre. Elle n'était pas pressée, après tout. Elle avait même toute la vie devant elle.

Elle était en train de sourire à cette idée quand résonna dans son dos une voix d'homme, forte et polie.

– Je suis désolé, mademoiselle, mais je crains que l'hôtel ne soit complet. A moins, poursuivit-il, que vous n'ayez réservé...

La voix, une voix de velours dans les tons les plus graves, laissait entendre que l'hypothèse était peu probable...

– Justement, j'ai retenu, se dépêcha de répondre

Lacey en se retournant pour découvrir l'homme qui lui parlait de l'entrée du vestibule.

Il était appuyé sur le chambranle de la porte et s'essuyait les mains à une serviette blanche. C'était tout le contraire de l'image que Lacey pouvait se faire d'un réceptionniste stylé! Décidément les gens étaient très différents ici dans l'Ouest!

Elle sourit franchement en désignant son sac du regard.

— Je dois avoir la confirmation écrite quelque part là-dedans. En fait, j'ai réservé un de vos bungalows pour tout l'été, pas une chambre d'auberge.

— Mais, mademoiselle, tous les bungalows sont loués ou occupés. A moins que...

L'expression d'une vive surprise illumina ses yeux gris argent.

— A moins que vous ne soyez Mademoiselle Seldon, la bibliothécaire de l'Iowa?

Lacey lui jeta un regard confiant et serein.

— Je suis obligée de le reconnaître! Mais, rassurez-vous, vous ne ressemblez pas plus à un réceptionniste que moi à un rat de bibliothèque.

A son tour il sourit lentement, attentivement. Les plis de sa bouche exprimaient une certaine dureté. Ses yeux brillaient et Lacey remarqua qu'ils détaillaient sa robe jaune avec un peu trop d'insistance. Consciente que la lumière du dehors faisait ressortir les formes de son corps à travers la soie légère de sa robe, elle s'éloigna de la fenêtre et lui tendit d'un main assurée la lettre qui confirmait sa réservation.

Comme l'homme baissait la tête pour y jeter un coup d'œil, Lacey en profita pour mieux examiner à qui elle avait affaire.

Il devait avoir trente-sept ou trente-huit ans et les paraissait bien : le temps avait modelé sur ses traits l'expression de ce qu'il est convenu d'appeler l'expérience, sans pour autant le marquer des défauts de la vieillesse. Il y avait toutefois quelque chose de dur dans son regard qui traduisait une formidable volonté.

Ses cheveux bruns, tirant sur le roux, peignés en arrière à la diable, découvraient un front large. Quelques mèches de cheveux, un peu trop longues pour un homme de son âge, effleuraient derrière sa nuque le col de sa chemise bleue. Il avait les manches retroussées sur des avant-bras puissants et sa chemise ouverte dévoilait une poitrine hâlée et velue. Ses larges épaules contrastaient avec la minceur de sa taille. Lacey remarqua qu'il portait un jean très serré qui moulait ses cuisses d'une manière qui n'aurait certainement pas été du goût de Mme Seldon. « Des jeans pareils pour un homme de cet âge! C'est du joli! »

Lacey ne put s'empêcher de sourire en imaginant la réaction de sa mère.

C'est seulement lorsqu'il s'installa derrière le bureau qu'elle put analyser l'expression forte et énergique imprimée sur son visage, soulignée par des pommettes bien ciselées, un nez agressif et un menton très volontaire. Sans être vraiment beau, ce visage reflétait une autorité tranquille qui pouvait, si surprenant que cela puisse paraître, le rendre parfaitement séduisant.

Levant ses yeux gris, il s'aperçut qu'elle le regardait et il sourit avec satisfaction et amusement, manifestement ravi d'être ainsi observé.

— Bienvenue, mademoiselle Seldon! Nous vous attendions, en effet. Et nous n'étions pas les seuls, d'ailleurs!

Elle eut un mouvement interrogatif de la tête tandis qu'il disparaissait derrière le bureau. Quand il refit surface, il tenait à la main un paquet de lettres soigneusement ficelé.

— Mademoiselle, nous avons suivi les instructions données dans votre lettre. Voici tout le courrier qui vous attend depuis une bonne semaine.

— Parfait, fit-elle en tendant une main avide vers

12

la grosse liasse. De ce côté-là, les choses commencent plutôt bien!

– Avez-vous l'intention de passer l'été à écrire des lettres? lança-t-il un peu rudement.

– Non, je crois que je vais surtout occuper mon temps à chercher du travail, répliqua-t-elle en considérant les enveloppes qui glissaient entre ses doigts. Mais si vous tenez à le savoir, sachez que la plupart de ces lettres proviennent de gens à qui j'ai adressé un curriculum vitae depuis deux mois. Je m'étais permis de donner votre adresse pour la réponse.

– Je vois, dit-il d'une voix sourde. Et combien de lettres avez-vous envoyées?

– Des centaines! répliqua-t-elle en riant. Avec un peu de chance vous recevrez du courrier pour moi jusqu'à la fin de l'été!

– Ne me dites pas que vous avez fait tout ce chemin pour trouver un emploi!

Il la regardait maintenant avec une expression franchement déconcertée.

– J'ai fait tout ce chemin, comme vous dites, pour beaucoup d'autres raisons... Puis-je savoir où je dois signer?

Sans ajouter un mot, il saisit une fiche sur un coin du bureau et lui tendit un stylo.

Elle commença à remplir le formulaire, dans le plus grand silence, sous le regard insistant de son interlocuteur.

Tout en écrivant, Lacey se demanda comment il réagirait quand il s'apercevrait qu'elle avait mentionné l'adresse de l'auberge en réponse à la question: « domicile habituel ». Enfin, il lui tendit sa clé et proposa:

– Je vais vous aider à décharger vos valises.

– Je vois que vous cumulez les fonctions de réceptionniste et de bagagiste.

Un sourire aux lèvres, elle se dirigea vers sa voiture.

– C'est exact. D'autant plus qu'aujourd'hui mon

assistant est malade. Mais permettez-moi de me présenter : je m'appelle Randolph, Holt Randolph. Et je suis... je suis le propriétaire de l'auberge.

– Je comprends, fit Lacey, à peine surprise. Comme c'est intéressant! Depuis combien de temps êtes-vous installé ici?

Ils marchaient sur la pelouse, elle devant, lui derrière. Il devait bien mesurer un mètre quatre-vingts et elle se sentait un peu écrasée par sa présence en dépit de sa propre taille qui approchait un mètre soixante-cinq.

– J'ai hérité de cette auberge qui appartenait à mes grands-parents.

Le ton de sa voix était presque agressif.

– Oui, évidemment... Mais je ne pensais pas que cela puisse arriver dans ce pays.

– Quoi? d'avoir des grands-parents?

– Non, fit-elle en riant. Simplement de pouvoir hériter du patrimoine laissé par les générations qui nous ont précédés! Je me figurais, à tort, que les gens d'ici étaient des self-made men qui quittaient très jeunes la maison familiale pour bâtir leur avenir...

– C'est en effet souvent le cas.

Ils étaient arrivés près de la voiture dont il détailla l'intérieur, bourré de bagages.

Puis il ajouta :

– Mais il n'est pas toujours nécessaire de tout abandonner pour partir à la recherche de sa propre identité.

Lacey lui jeta un regard acéré. Elle se trouvait en présence d'un homme qui savait ce qu'il voulait. Il y avait chez lui une assurance innée qui laissait entendre qu'il était capable de prendre exactement tout ce qu'il désirait obtenir de la vie... La seule chose qui étonnait Lacey, c'était qu'un être comme Holt Randolph puisse se contenter de diriger une auberge vieillotte, nichée au creux d'une petite île...

– A chacun son destin, conclut-elle avec désinvolture.

Elle se glissa derrière le volant tandis qu'il maintenait la porte ouverte.

– Est-ce de la philosophie venue tout droit du Midwest?

– Vous voulez rire. Figurez-vous que, si je suis ici, c'est précisément dans le but de me retrouver parmi des gens qui ont cette philosophie. Au fait, où est mon bungalow?

– C'est celui-là, au sommet de cette petite butte. Vous vous y sentirez bien et vous profiterez d'une jolie vue sur Punget Sound. Je vous rejoins là-haut car je vois bien qu'il n'y a pas de place pour moi dans la voiture!

Lacey rit franchement et désigna d'un geste impuissant les paquets entassés sur le siège avant.

– Vous voyez là tout ce que je possède sur cette terre. Je me sens tout à fait dans la peau de ces aventuriers d'autrefois qui entassaient dans leur chariot ce qu'ils n'avaient pas vendu avant de partir!

Holt la fixa un instant. Il y avait de l'étonnement et de la curiosité dans son regard. On sentait qu'il brûlait de lui poser cent questions et ce n'était pas pour déplaire à Lacey. Personne jusqu'à présent ne s'était beaucoup interrogé à son sujet. Là-bas, en Iowa, tout le monde la connaissait depuis toujours, elle et sa famille. La seule fois où elle avait suscité un peu de curiosité remontait au jour où elle avait annoncé sa décision de partir.

Déjà, Holt s'était engagé dans le sentier qui montait vers le bungalow. Vite elle tourna la clé de contact et passa en première. Arrivée quelques secondes avant lui, elle se dépêcha d'ouvrir la porte du chalet pour découvrir ce que la brochure de l'auberge qualifiait de « charme rustique ». Elle ne fut pas déçue. C'était exactement ce qu'elle avait imaginé. De larges planches de cèdre tapissaient les murs de la pièce principale agrémentée d'une petite cheminée de pierre sèche. De chaque côté de la porte d'entrée, deux larges fenêtres offraient une vue dégagée sur les îles de l'archipel, avec l'auberge au premier plan. La kitchenette occupait un des angles, près duquel débouchait un couloir qui des-servait la chambre et la salle de bains.

– Cela vous convient-il?

Il lui posa la question avec gentillesse, tandis qu'il entrait derrière elle.

– C'est parfait, répondit-elle, enthousiaste.

Le canapé, original et confortable, était d'un modèle ancien. Holt y jeta un coup d'œil avant d'ajouter comme pour s'excuser :

– Une partie du mobilier date un peu, mais je puis vous assurer que le lit est tout neuf et que la salle de bains a été refaite cet hiver.

– Mais je suis ravie! Je ne pense pas honnête-ment que l'on puisse vous taxer de publicité men-songère!

Lacey se demandait pourquoi il se croyait obligé de s'excuser de la sorte.

De gros tapis tressés recouvraient une partie du plancher et les rideaux étaient faits dans un tissu imprimé aux couleurs chaudes et gaies. Au fond de la pièce, le soleil dessinait de jolis reflets sur les murs de bois blond. Holt paraissait soulagé.

– Je suis content que cela vous plaise. J'apporte tout de suite vos bagages.

– Merci.

Lacey posa son paquet de lettres sur un bureau placé devant une des baies. Puis elle sortit à son tour aider à vider la voiture.

– Est-ce que vous plaisantiez tout à l'heure quand vous disiez que ce sont là toutes vos richesses?

Lacey tourna la tête. Holt s'était emparé délicate-ment de la chaîne stéréo bien calée dans le coffre de la voiture.

– Pas du tout! dit Lacey en attrapant une des valises. J'ai vendu tout ce que je possédais et, croyez-moi, on en parle encore en Iowa!

Quelques instants plus tard il déposait avec soin l'appareil sur une petite table.

– Mais où comptez-vous aller après les vacances?

– Je n'en ai pas la moindre idée. J'ai tout le temps, cet été, d'y penser. Comme je vous l'ai dit, je dois trouver un job et j'ai aussi d'autres projets avant de faire mon nid. L'essentiel pour l'instant est de me sentir bien chez moi, ici.

Il s'arrêta un moment et la regarda sortir. Une brise légère faisait voler la robe jaune autour de la taille de la jeune femme.

– Décidément vous ne ressemblez pas à la vieille bibliothécaire que nous attendions! Dieu sait pourtant si je me méfie des idées toutes faites! A propos, à quoi correspond le L. placé devant votre nom?

– Lacey.

Elle sourit, un peu gênée de sentir que le soleil rendait sa robe presque transparente; d'ailleurs, elle se sentit rougir car Holt Randolph ne se gênait pas pour admirer ce que la lumière lui faisait entrevoir.

Elle se demanda si tous les hommes de la région avaient les mêmes habitudes. Comme on était loin de sa petite ville natale! Et puis, brusquement, elle s'avoua que jamais, chez elle, elle n'aurait osé porter une telle robe!

– Et vous-même... Croyez-vous que je vous imaginais tel que vous êtes?

– Pourquoi donc? N'ai-je pas l'air d'un brave aubergiste? A quoi trouvez-vous que je ressemble?

– Eh bien, disons que vous paraissez plutôt fait pour diriger un ranch, ou une exploitation pétrolière, ou encore...

– Mais non! Randolph est très bien où il est, n'est-ce pas, Holt?

Surprise, Lacey se retourna. Un jeune homme était arrivé derrière elle. Mince et dégingandé, il avait des cheveux bruns comme ses yeux et portait une petite moustache conquérante.

– Vous êtes la bibliothécaire qu'on nous avait annoncée! Soyez la bienvenue! Je m'appelle Jeremy Todd et je suis votre voisin.

Il tenait entre ses mains l'attirail tout neuf de peintre de dimanche qu'il avait pris, au passage, dans le coffre.

– Vous êtes également une artiste?

– Bonjour, sourit-elle. Je m'appelle Lacey Seldon, mais je ne sais pas si je suis une grande artiste. Je n'ai encore jamais essayé. Cela fait partie des choses que j'ai l'intention d'entreprendre cet été.

– Bonsoir, Todd, dit Holt à son tour. Je vois que vous ne perdez pas de temps.

– Exact! répliqua le jeune homme. Quand j'ai vu la voiture, j'ai tout de suite compris que l'envoyé du Midwest que nous attendions allait dépasser nos espérances!...

Lacey cligna des yeux, déconcertée par le léger relent de rivalité masculine qui flottait dans l'air. Etait-elle responsable de cet échange un peu acide?

– J'ai acheté cette voiture il y a deux mois, dit-elle rapidement pour détendre l'atmosphère. Tout le monde chez moi a pensé que j'étais folle et que pas un mécanicien de la ville ne saurait en venir à bout!

Jeremy fit une grimace espiègle. Il portait un jean délavé et une chemisette rouge.

– Toutes les bibliothécaires du Midwest vous ressemblent-elles?

– Non! certaines sont blondes.

Holt salua la plaisanterie avec un petit glousse-ment.

– Mon cher Todd, dit-il, puisque vous semblez décidé à rester avec nous, je vous suggère de nous aider à décharger.

– A votre service, répondit Todd, emboîtant le pas à Holt.

18

Lacey se retrouva bientôt au milieu de ses bagages éparpillés dans la grande pièce, en train de remercier chaleureusement les deux hommes.

– C'était la moindre des choses. Vous êtes sûre qu'il ne vous manque rien?

– Oui. Tout ce que je possède est là!

– Vous avez dû laisser beaucoup de choses en Iowa?

– C'est vrai. J'ai surtout laissé vingt-neuf ans de ma vie.

– Vous y retournerez un jour...

– Jamais!

Holt et Lacey se regardèrent un instant, oublieux de la présence de Jeremy. Holt remua pensivement la tête et Lacey se sentit soudainement mal à l'aise sous l'intensité de son regard.

– Où est votre bungalow? demanda-t-elle à Jeremy.

– Juste à côté. Nous sommes passés devant. Avez-vous des projets pour ce soir? Sinon je serais enchanté de vous faire découvrir notre ami Holt dans le brillant exercice de ses fonctions.

– Qu'entendez-vous par là? fit Lacey, intriguée.

– Jeremy fait sans doute allusion à la manière dont nous occupons nos soirées à l'auberge. Vous y serez la bienvenue, comme tous nos locataires, bien entendu.

– Vous verrez, poursuivit Jeremy. Le programme est alléchant. Après le dîner on peut se laisser tenter par un verre devant la grande cheminée, puis danser dans le hall. Les soirées de Holt attirent beaucoup de monde. Viendrez-vous? J'y vais vers huit heures.

Lacey n'aimait pas qu'on lui force la main. Mais elle était curieuse de nature. Et puis n'était-ce pas une bonne façon de commencer les vacances?

– D'accord. Je viendrai.

– Eh bien! A ce soir, dit Holt d'une voix cérémonieuse. Si vous avez besoin de quoi que ce soit, n'hésitez pas à me faire signe.

Elle le regarda s'éloigner sur le chemin qui descendait vers l'auberge, d'une démarche lente et féline. C'était, pensa-t-elle, la première fois qu'elle regardait un homme marcher...

La voix de Jeremy la fit revenir sur terre.

– Puis-je vous aider à ranger?

Il fixait avec intérêt sa collection de disques de flamenco.

– Non, je vous remercie. A propos, faudra-t-il s'habiller pour ce soir?

– Mais non! on est plutôt décontracté par ici. Restez comme vous êtes et vous serez parfaite.

Tandis qu'il lui parlait, il détaillait sa tenue avec insistance, tout comme Holt l'avait fait.

– Une bonne paire de jeans et un maillot de bain, voilà tout ce qu'il faut pour passer l'été ici!

– Avez-vous l'intention de rester longtemps ici?

– Oui. Figurez-vous que j'ai décidé d'écrire un bouquin, confia-t-il cérémonieusement.

– Formidable! Quelle sorte de livre?

Lacey était habituée à encourager ce genre de projet. Une grande partie de son activité à la bibliothèque avait consisté à conseiller tous ceux qui souhaitaient fonder un journal, écrire des articles et même des livres. Elle savait combien tous ces écrivains en herbe avaient besoin d'être aidés.

– Il s'agit d'un roman d'aventures, dit-il. Beaucoup d'action, un peu de sexe et un macho comme personnage principal...

– C'est votre premier livre?

– Oui. Je travaille dans les assurances et j'essaye d'en sortir.

– Si je comprends bien, nous allons vous et moi profiter de l'été pour nous lancer dans une nouvelle carrière!

– Vous aussi?

– Oui, dit-elle, une nouvelle activité et une nouvelle vie. Je compte utiliser l'auberge comme rampe de lancement.

– Ma chère Lacey, nous avons beaucoup de choses en commun!

La jeune femme sourit. Assurément elle se sentait
à cet instant plus proche de lui que de Holt. Holt
Randolph, pensait-elle, pouvait se contenter de
vivre sur l'héritage de sa famille. Après tout, il ne
désirait probablement rien d'autre qu'une petite vie
bien tranquille dans son auberge...

Non, il n'y avait rien de commun entre elle et cet
homme-là...

2

Tandis qu'ils pénétraient dans la salle accueillante de l'auberge, Todd dit à Lacey :

– C'est ici que se retrouvent tous les noctambules de l'île.

Un feu superbe crépitait dans la cheminée qui se dressait, monumentale, sur le mur du fond. Les nuits, à San Juan, pouvaient être fraîches. Quelques habitués, confortablement installés dans leur fauteuil, dégustaient un cognac.

– Je suppose que c'est le seul endroit de ce genre qui existe sur l'île, répondit Lacey.

Holt Randolph, en train de bavarder près du feu avec une femme d'un certain âge, leur jeta un coup d'œil.

Jeremy se mit à rire.

– Comment avez-vous deviné ? Les gens qui vont venir tout à l'heure danser sont, soit locataires des villas voisines, soit installés dans les motels des environs. Nous formons une véritable petite société, particulièrement vivante, vous vous en apercevrez. Ah ! je crois bien que nous sommes repérés.

En effet, Holt se dirigeait vers eux avec deux verres et une bouteille d'excellent cognac. Lacey put apprécier d'un regard l'aisance et la séduction qui émanaient du maître des lieux. Il portait une légère veste d'été à fines rayures bleu pâle. Son pantalon foncé et sa chemise blanche impeccable soulignaient l'élégance de sa silhouette.

Il leur souriait à tous deux, mais Lacey sentit que c'était elle seule qui était jugée par son regard aigu. Bien que Jeremy lui ait dit de ne pas se tracasser pour sa toilette, elle se félicita en elle-même de s'être arrêtée à Seattle pour renouveler une partie de sa garde-robe.

Elle inaugurait ce soir une ravissante robe exotique en soie indienne. Serrée à la taille, elle s'évasait en plis qui volaient autour de ses genoux. Les tons chatoyants de bleu et de vert rehaussaient le roux flamboyant de ses cheveux et s'harmonisaient avec la couleur de ses yeux. Elle surprit une lueur d'approbation dans le regard de Holt et en éprouva une sensation étrange, incontrôlée.

– Je suis heureux de votre présence, dit-il avec amabilité en remplissant leurs verres.

Puis il se tourna vers le jeune homme.

– Mon cher Jeremy, vous êtes ici depuis une semaine et vous connaissez les habitudes de la maison. Permettez-moi de vous abandonner un instant à votre sort pendant que je présente Lacey à nos amis.

– Mais je peux m'en charger... répliqua Jeremy.

Lacey n'entendit pas le reste de sa phrase : d'une main ferme Holt l'entraînait avec lui.

– Un de mes rares privilèges dans cette maison. De toute façon, ce garçon est beaucoup trop jeune pour vous, ajouta-t-il sévèrement.

Il glissa sa main sous le bras de la jeune femme.

– Monsieur Randolph, je vais avoir trente ans cet été, et c'est un âge où l'on commence à apprécier la compagnie des hommes plus jeunes.

Elle lui avait donné la réplique froidement et pensa qu'en Iowa elle n'aurait jamais osé parler ainsi à un étranger. Elle était assez contente d'elle.

Il leva un sourcil fauve, tourna légèrement la tête et la toisa de haut en bas.

– Pourtant je ne doute pas que les femmes du Midwest soient capables de faire la différence entre, disons... l'authenticité d'une bouteille de vieux vin et l'agressivité d'un cru plus récent!

Lacey respira un peu. Elle n'était pas habituée à soutenir ce genre de conversation avec un homme qu'elle venait juste de rencontrer. Mais peut-être était-ce l'usage ici...

– J'ai quitté le Midwest pour changer d'horizon, dit-elle, et non pour mettre en pratique de vieilles formules toutes faites.

Ils s'arrêtèrent devant la cheminée. D'un air ironique, il l'observait tandis qu'elle buvait son cognac à petites gorgées. Puis il s'enquit avec douceur :

– Vous êtes vraiment résolue à oublier tout votre passé?

– Absolument.

– Y compris un homme?

– Je ne pense pas que ça vous regarde.

Lacey s'efforçait de répondre calmement et de dissimuler le malaise que lui causait l'intensité de ce regard gris argent.

Cette façon qu'il avait de la regarder la troublait. C'était quelque chose de bien plus fort que la sensation d'excitation légère que peut provoquer un flirt sans importance.

Pour se rassurer, elle se disait que les choses ne pouvaient aller bien loin. Un petit flirt, sans plus. Le second, en somme, depuis son arrivée et sa rencontre avec Jeremy. Et puis quelle importance, puisqu'elle avait déjà décidé que Holt Randolph ne pouvait en aucun cas représenter son nouvel idéal masculin.

– Je préférais être prévenu au cas où quelque

mâle furieux se présenterait à ma porte en m'accusant d'héberger une épouse fugueuse...

— Soyez sans inquiétude, fit-elle avec une moue. Je n'ai pas d'époux à ma recherche. C'est mon mari qui m'a abandonnée et tout le monde, là-bas, pense que je suis devenue folle.

— L'êtes-vous vraiment ?

— Je préfère penser que je me suis échappée avant de le devenir.

— Etes-vous certaine de ne plus être sous le choc de cette séparation ?

Elle répliqua d'une voix glaciale :

— Ne me dites pas que vous faites subir ce genre d'interrogatoire à tous vos clients ?

— A ceux qui m'intéressent, uniquement.

Elle hésita. Allait-elle répondre à son regard inquisiteur ? Elle réfléchit quelques instants, puis, avec un léger haussement d'épaules, elle prit le parti de lui raconter, en gros, sa vie. Au fond, qu'est-ce que ça pouvait faire ?

— Soyez sans crainte, je ne suis pas vraiment sous le coup de mon divorce. C'était il y a deux ans, dès que j'ai eu fini de payer ses études de médecine. Il s'est remarié, avec une femme médecin. Il lui fallait quelqu'un présentant les mêmes intérêts et les mêmes goûts, prétendait-il.

Elle resta songeuse un instant et reprit :

— Il y a aussi Harold. Mais de celui-là non plus, vous n'avez pas à vous inquiéter.

Elle rit franchement.

— Bien. Mais il faut que je vous pose encore une question. Qui est cet Harold ?

Son visage s'était brusquement tordu dans une grimace.

— Oh ! c'est un professeur de psychologie à l'université où je travaillais.

Elle avait réussi à prendre un ton désinvolte et s'émerveillait de pouvoir s'adapter si facilement à la tournure badine de la conversation. Pour faire bonne mesure, elle poursuivit d'un ton faussement tragique :

— Il m'a demandé en mariage au printemps dernier. J'avais le profil idéal.

— Un enterrement de première classe, quoi! Et quel était le profil?

— Le genre de mère au foyer, les pieds sur terre.

Au souvenir de Harold et des petites taches d'encre qu'il semait partout, elle ne put s'empêcher de rire.

— C'est plutôt comique quand on sait que je n'aime pas particulièrement les enfants et que ses gamins avaient le don de me porter sur les nerfs. Plus d'une fois la main m'a démangée. Il les élève consciencieusement, selon des principes de psychologie avancée. Le jour où je lui ai déclaré que, de temps en temps, une bonne fessée valait mieux que de longs discours, il a retiré son offre de mariage!

Elle surprit une lueur d'amusement dans les yeux de Holt et poussa un soupir lugubre.

— Et un projet de mariage à l'eau! Ma mère ne me le pardonnera sans doute jamais. Le temps passe, vous savez, ajouta-t-elle avec philosophie. Je tiens de source autorisée qu'après trente ans, les chances de se marier pour une femme déclinent rapidement.

— Quelle est cette source autorisée?

— Tante Selma. Elle avait vingt-neuf ans lorsqu'elle a éconduit un représentant de commerce de passage dans la ville. Sa dernière chance, m'a-t-elle dit. Elle s'en est mordu les doigts.

— A ce que je vois, vous êtes venue ici pour dénicher du travail et... du même coup un mari? demanda Holt prudemment, en buvant une gorgée de cognac.

— Ecoutez, les choses ont tout de même évolué depuis l'époque des vingt-neuf ans de tante Selma.

Toute trace d'ironie avait disparu dans sa voix tandis qu'elle poursuivait avec conviction :

– Il existe aujourd'hui d'autres possibilités pour une femme en dehors du mariage. J'ai été sollicitée deux fois et je ne suis pas particulièrement marquée par l'institution. La première fois qu'on a demandé ma main, c'est parce qu'elle représentait un ticket-repas. Mon mari n'avait pas le sou quand je l'ai rencontré et j'ai commis l'erreur classique de vouloir qu'il termine ses études de médecine et son internat. Ma seconde chance de bonheur conjugal, je la dois à ce fameux profil de mère au foyer. Grâce à Dieu, j'avais alors plus de plomb dans la tête. Ma prochaine expérience dans ce domaine se limitera strictement à un roman d'amour. Pas d'engagements sous conditions!

La lueur de surprise dans les yeux gris était à peine voilée mais Lacey eut le temps de surprendre une autre expression qu'elle ne parvint pas à déchiffrer. Désapprobation? Elle se mordit les lèvres dans un petit geste inconscient d'autocritique. Que faisait-elle ici en train de raconter sa vie à cet homme? Elle aurait mieux fait de boire moins de cognac!

Mais il était trop tard pour faire marche arrière. Holt sauta sur l'occasion.

– Ce que vous cherchez ne devrait pas être si difficile à trouver. N'avez-vous pas déjà jeté votre dévolu sur Jeremy Todd pour tenter cette prochaine expérience?

Sa voix était trop neutre pour paraître naturelle.

La seule attitude possible était de répondre du tac au tac. Elle allait montrer à Randolph qu'elle n'avait pas fait tout ce chemin pour subir une nouvelle dégelée de critiques et de conseils...

– Je n'ai encore rien décidé, dit-elle d'une voix suave. Jeremy et moi venons juste de faire connaissance et je veux être tout à fait sûre.

– Sûre! Sûre de quoi?

Son ton violent surprit Lacey, qui se demanda quelle mouche l'avait piqué. Il pouvait ne pas approuver ses projets d'avenir mais, après tout, elle n'était qu'une cliente de l'auberge parmi d'autres. Holt se reprit bien vite et poursuivit avec une nonchalance affectée :

– Pourquoi tenez-vous tant à être sûre? Vous pouvez toujours tenter une expérience et y mettre fin si les choses tournent mal.

– Vous m'avez mal comprise, Holt, répondit Lacey avec un calme apparent. J'ai longuement réfléchi à la question. Je recherche des liens durables, fondés sur l'intérêt et la raison. Des liens qui, lorsque le plaisir des sens s'estompe, peuvent être dénoués sans l'amertume du divorce.

– Votre idéal est d'être une maîtresse attitrée, en quelque sorte, lança-t-il avec brusquerie. Il se versa une grande rasade de cognac. Piquée au vif, Lacey fronça sévèrement les sourcils.

– Je veux parler d'un contrat bâti sur une égalité absolue. Vous vous souvenez de ces lettres d'employeurs potentiels que vous avez mises de côté à mon intention? Je gagnerai ma vie. Pas question d'être une femme entretenue par un homme!

Il s'enquit d'un ton moqueur :

– Vous comptez vous lancer dans toutes sortes d'affaires?

– Pourquoi pas? J'ai découvert les prétendus bienfaits du mariage traditionnel durant les années où j'aurais pu vivre un grand amour. J'ai passé vingt-neuf ans à endurer la vie mesquine et étroite d'une petite ville de province. Dorénavant, j'ai bien l'intention de rattraper le temps perdu!

Holt se récria d'un air épouvanté :

– Ciel! Ne me dites pas que vous avez choisi mon auberge pour remettre votre vie en question!

Lacey se détendit et lui adressa un sourire provocant. Ce regard effrayé lui en rappelait d'autres, et elle éprouva un malin plaisir à jeter de l'huile sur le feu.

– Mais si, c'est exactement ça. Un simple coup d'œil sur votre dépliant m'a convaincue que cette île était l'endroit rêvé pour traverser ce genre de crise.

Sans attendre la réponse, elle tourna les talons et partit à la recherche de Jeremy.

Le sourire n'avait pas quitté ses yeux une heure plus tard tandis que, sur la piste de danse, elle glissait dans les bras de Jeremy. Sa main s'appuyait à peine sur l'épaule de son cavalier qui lui entourait la taille d'un geste de plus en plus familier.

– Vous aviez raison. Tous les noctambules de l'île semblent s'être donné rendez-vous ici.

Elle parcourut du regard la foule qui se pressait dans la salle.

– Quant à moi, je me consacre à ma nouvelle carrière d'écrivain, mais je n'ai pas l'intention pour autant de renoncer à tout. Si l'endroit a la réputation d'être animé durant les mois d'été, les amateurs de calme et de tranquillité y trouvent également leur compte. De plus, nous ne sommes pas très loin de Seattle et de Vancouver. Ce qui permet une brève escapade de temps à autre, ajouta-t-il d'un air mutin.

– Je me propose de visiter ces villes pendant mon séjour.

Il eut l'air surpris :

– Si c'est pour chercher du travail, les occasions ne manquent pas dans le Nord-Ouest.

– Mon port d'attache sera ici, mais je compte rayonner dans les autres régions. J'ai envoyé des curriculum vitae sur toute la côte Ouest et même aux îles Hawaii. Dieu seul sait où je vais aboutir! C'est en Californie, m'a-t-on dit, que les chances sont les plus grandes. Mais rien ne presse... j'ai tout l'été pour visiter le Nord-Ouest.

– Vous voulez dire que vous pourriez aussi bien vous décider pour la Californie que pour les îles Hawaii? s'enquit-il avec curiosité.

– Pourquoi pas? De toute façon je me suis donné tout l'été pour prendre de longues vacances.

– Ah bon!

Son sourire espiègle reparut.

– J'espère que vous n'avez rien contre les romans d'été? plaisanta-t-il.

– Je ne sais pas. Je n'en ai jamais vécu.

– Voilà qui manque à votre bonheur.

– C'est bien possible.

Il la serra de plus près et Lacey se laissa faire. Il était beau, pensa-t-elle, et ils s'entendaient à merveille. D'une oreille attentive, elle l'écouta parler du héros de son livre.

– J'espère le placer chez un éditeur grand public.

– Et s'il ne se vend pas?

– Alors, il ne me restera plus qu'à retourner à mes assurances, soupira-t-il.

Tandis qu'ils traversaient la salle, éclairée par une lumière diffuse, pour rejoindre leur table, il la présenta au passage à toutes ses connaissances de l'auberge.

Alors qu'ils s'éloignaient d'un couple charmant, voisin immédiat de Jeremy, celui-ci marmonna :

– Je croyais que Randolph devait se charger des présentations. De quoi parliez-vous tout à l'heure? Vous auriez du voir sa tête quand vous l'avez quitté! Il avait l'air complètement dépité.

Lacey répondit d'un ton sec :

– Nous discutions de mes projets d'avenir, qui n'avaient pas l'air de lui plaire, du reste. Pourtant, je ne vois pas en quoi ça le regarde.

Son chevalier servant se mit à rire et lui avança son siège.

– C'est probablement qu'avant votre arrivée, il s'était fait de vous une tout autre idée.

Lacey leva un sourcil d'un air interrogateur.

– Comment ça? Qu'en savez-vous?

– Quand je lui ai demandé qui allait occuper le bungalow voisin du mien, il m'a répondu qu'il attendait une quelconque petite bibliothécaire du Midwest. Il ne semblait manifestement pas compter là-dessus pour se distraire cet été!

– Pourtant il semble... euh... plutôt du genre conservateur. Je veux dire, si l'on considère qu'il est célibataire...

Elle s'interrompit, comme frappée d'une idée soudaine.

– Parce qu'il est bien célibataire, n'est-ce pas?

– Jusqu'à preuve du contraire, oui. Selon les Muller – le couple qu'il venait de lui présenter – cette situation ne saurait s'éterniser. Les Muller, qui sont des habitués depuis des années, se souviennent fort bien de son ex-fiancée. Elle l'aurait quitté pour en épouser un autre et, depuis, elle a divorcé. Edith a entendu dire par la rumeur publique que cette mystérieuse femme du passé de Randolph aurait occupé à plusieurs reprises une chambre, l'été, à l'auberge... Edith et Sam semblent penser que notre hôte pourrait renouer avec elle.

Les yeux de Lacey étincelèrent.

– Passionnant! Repoussé avec dédain une première fois par une créature volage, il accable de son mépris toute l'espèce féminine!

– Je n'en sais pas plus.

Jeremy eut un haussement d'épaules, se désintéressant manifestement de la question. Lacey se le tint pour dit et changea de sujet. Ils étaient plongés dans une conversation animée sur la voile, une passion de Jeremy à laquelle il s'offrit à initier Lacey, quand Holt surgit près d'eux.

Lacey, qui l'avait regardé, du coin de l'œil, danser pendant un moment, ne fut pas surprise. Ses manières attentives et affables en font certainement un maître de maison très populaire, se dit-elle.

– Prendrez-vous un verre avec nous, Holt?

Jeremy avait pris un ton cavalier pour s'adresser à leur hôte.

– Merci, je suis en train de faire mon tour de maître de maison; Lacey est la prochaine sur ma liste. Vous permettez...

Lacey nota l'absence totale de cordialité entre les deux hommes et elle sourit intérieurement. Holt s'inclina légèrement devant la jeune femme, laissant Jeremy mi-figue, mi-raisin. Il se força à garder un ton enjoué :

– N'oubliez pas de me la ramener. Nous étions plongés dans une conversation passionnante. Le croiriez-vous, cette pauvre petite femme n'est jamais montée sur un bateau!

– Ils ont certainement mille autres façons d'occuper leurs loisirs en Iowa, jeta Holt.

Sur quoi, il enserra avec fermeté le poignet de Lacey. La lueur qui brillait dans son regard lui donna l'envie de le défier :

– Vraiment Holt, rien ne vous oblige à m'inclure sur votre liste. Je ne m'ennuie pas du tout, comme vous voyez.

Sans succès, elle tenta de se libérer.

– J'insiste, rétorqua-t-il d'un ton suave. Je prends toujours mon rôle très au sérieux.

Lacey adressa par-dessus son épaule une petite grimace lugubre à Jeremy, qui répondit par un sourire crispé, et elle se laissa entraîner sur la piste.

– Une danse, pas plus, Holt. Votre devoir s'arrête là, dit-elle d'une voix blanche...

– Ce n'est pas à vous d'en décider, je suis seul juge.

Dès qu'il l'enlaça, elle sentit la chaleur de son corps à travers la soie légère de sa robe.

– Voyez-vous Lacey, pour moi tout est une question d'art.

– Faites-vous danser toutes les femmes qui séjournent ici?

– Au moins une fois.

– C'est bon pour les affaires?

Elle s'efforçait à paraître gaie et détendue.

– Excellent.

Lacey songea à l'arrivée prochaine de la fameuse ex-fiancée. Elle se dit que ça l'amuserait de le voir danser avec la femme de son passé. Une curiosité bien féminine. Mais lui accorderait-il une danse?

Ou ferait-il exception à la règle? Elle s'entendit demander avec un intérêt sincère:

– Vos obligations mondaines vous pèsent-elles parfois? Apparemment vous avez passé la soirée à aller de l'un à l'autre sans oublier personne. Par routine?

Il haussa les épaules et la serra plus étroitement contre lui. Ses doigts s'attardaient sur le fin tissu de sa veste; le parfum épicé de son eau de toilette convenait parfaitement à sa virilité.

– On pourrait dire que c'est une routine. Mais je la prends à cœur parce que mon seul désir est que mes hôtes soient contents. Pourtant, dans ce cas précis...

Lacey redressa le menton vers lui, désorientée.

– Je ne vous ai rien demandé. C'est vous qui avez insisté pour danser.

Il rétorqua d'une voix presque indifférente:

– Ce n'est pas que je trouve pénible de danser avec vous. En réalité, vous êtes vous-même parfaitement bien dans mes bras. Si légère, soyeuse...

Les yeux de Lacey se fermèrent à demi. Il s'interrompit et reprit tranquillement:

– Mais je redoute à l'avance votre réaction, lorsque je vous aurai chapitrée à propos de Jeremy Todd.

– Vous avez parfaitement raison. Je ne suis pas disposée à vous entendre. N'abordons pas le sujet, voulez-vous? Je considère votre devoir comme accompli.

Décidément, Holt dépassait les bornes!

– Je regrette. Pendant des semaines ma conscience ne me laisserait pas en paix! Todd est un gentil garçon mais très infatué de sa personne, voilà la vérité. Il se prend un peu pour un playboy. Il a séjourné ici plusieurs semaines l'été dernier et j'ai eu le privilège peu enviable de le voir à l'œuvre.

– Vous ne croyez pas que je suis assez grande pour prendre soin de moi? D'ailleurs, ne m'avez-vous pas dit qu'il était trop jeune pour moi?

Lacey se sentait accablée. Holt Randolph se croyait donc tenu à la mettre en garde! Un frère autoritaire ne se comporterait pas autrement!

– Je pense, dit-il en articulant très distinctement, que vous êtes plus vulnérable que certaines femmes de votre âge, Lacey. Comme vous l'expliquiez il y a un instant, vous avez mené une existence protégée dans une petite ville. L'expérience du divorce ne suffit pas pour vous conférer une immunité particulière contre les hommes qui exploitent les femmes.

– Et si, comme je tentais de vous le faire comprendre au cours de notre première conversation, il ne me déplaisait pas d'être... exploitée, comme vous dites!

– Vous ne savez pas de quoi vous parlez. Jeremy est à l'affût d'une aventure d'été, rien de plus. Et, malgré vos nouvelles idées féministes, vous n'êtes encore qu'une petite provinciale.

– Eh bien! justement, je ne demande pas mieux que de me débarrasser de mes vestiges d'éducation provinciale.

Il fronça les sourcils et se fit conciliant.

– Ne vous fâchez pas, Lacey. En vous prévenant contre Todd, je remplis mon devoir.

– Eh bien, voilà une bonne chose! Pourrions-nous, je vous prie, parler d'autre chose?

Une lueur de colère brillait dans ses yeux en amande. Cet homme ne l'amusait plus, il commençait même à franchement l'ennuyer. Il aurait été tout à fait à sa place en Iowa!

Le visage de Holt s'était fermé et trahissait sa déception devant le peu d'effet que ses paroles avaient sur Lacey.

– Un autre sujet de conversation? Mais comment donc! Eh bien! Dites-moi par exemple pourquoi vous avez choisi mon auberge pour votre grande escapade?

– Voilà une bonne question! Vous devriez être fier. J'ai sélectionné votre auberge parmi des centaines d'autres sur toute la côte. Pourtant le dépliant ne promettait ni douche chaude ni baignoire en forme de cœur dans chaque chambre!

– Je suis très flatté! Je ne me doutais pas que la concurrence était si sévère.

Elle poursuivit, ignorant son ton sarcastique :

– J'ai choisi votre île pour d'autres raisons. Je rêvais d'un endroit qui me changerait des champs de blé et des campus universitaires et qui, en même temps, ne serait pas trop étouffant. Vous saisissez, Holt? J'ai gardé un peu du bon sens de mon Midwest. Cet été va marquer un tournant définitif dans ma vie. Je veux m'adapter dans les meilleures conditions au nouveau style de vie que j'ai choisi. Cet endroit représentait, en même temps qu'un refuge, un lieu très accessible où je pourrais organiser mon avenir.

– Vous envisagez réellement ce tournant comme définitif? Il scrutait le visage levé vers lui et sa question exigeait une vraie réponse.

– Absolument définitif. Je ne retournerai jamais en Iowa. Dorénavant, je compte profiter de tous les avantages de la vie. Mais je conçois que le changement trop brutal d'existence et de décor peut poser des problèmes. De là ma décision de m'arrêter d'abord dans le Nord-Ouest plutôt que de me rendre tout droit en Californie du Sud.

– Vous avez longuement mûri votre décision?

– Et mes projets, rétorqua-t-elle nettement. Je suis affligée d'un sacré sens de l'organisation. Probablement ma formation de bibliothécaire...

Il lui coupa brusquement la parole, profitant d'une légère hésitation dans la voix de Lacey :

– Alors, il serait vraiment regrettable de vous voir faire naufrage avant d'atteindre l'étape décisive de votre métamorphose! Ce serait tellement dommage que vous échouiez dans vos projets!

Lacey commençait à s'amuser franchement.

– Et qui vous dit que le naufrage ne fait pas partie de mes plans? Savez-vous que la vie en Iowa vous irait comme un gant! Oh! Bien sûr, il vous faudrait raccourcir un peu vos cheveux et procéder à quelques petits aménagements vestimentaires. Mais, ces détails mis à part, vous feriez très bien l'affaire. Ma famille vous adopterait sur-le-champ.

– Hypothèse qui suffit à me dévaloriser complètement à vos yeux, pas vrai?

– Disons que jusqu'à présent les membres de ma famille n'ont guère fait d'efforts pour comprendre mes goûts.

– Ils appréciaient tous l'étudiant en médecine et Harold, le professeur de psychologie?

– J'en ai bien peur.

– Qu'est-ce qui vous fait penser que j'entre dans cette catégorie?

– Un certain autoritarisme un peu pompeux! répondit-elle avec délectation.

– Pompeux!

Il fit une grimace qui découvrit ses dents très blanches. Tandis qu'il réfléchissait, une lueur d'amusement s'alluma dans les yeux gris et, pour la première fois, Lacey ne fut plus aussi sûre d'avoir raison. S'il y avait une qualité que ne possédaient ni son ex-mari ni Harold, c'était bien le sens de l'humour...

– Vous me trouvez pompeux? reprit-il.

– N'auriez-vous pas la même opinion de moi si, quelques heures après avoir fait votre connaissance, je vous mettais en garde contre une femme?

Il poussa un soupir et s'enhardit jusqu'à laisser glisser sa main au creux de ses reins.

– Je pourrais considérer qu'il s'agit là d'une marque d'intérêt...

– Parce que vous vous intéressez à moi?

Lacey le défiait, soudain très intriguée.

– Pourquoi tous ces conseils, s'il vous plaît?

– Vous n'êtes pas telle que je vous imaginais.

Il ne voulait évidemment pas répondre et cherchait des échappatoires.

– Je sais. Est-ce ce qui me vaut votre attention?

Avez-vous du mal à accorder la réalité avec l'image que vous vous étiez faite de votre future locataire?

– Non, dit-il à contrecœur.

Il semblait fasciné par ses yeux bleu-vert.

– Il n'y a pas que cela...

– Quoi d'autre?

Elle l'invitait à poursuivre; elle se rendait compte qu'un flirt s'amorçait et elle prenait plaisir à l'expérience. Il inspira très fort.

– Vous me rappelez quelqu'un.

La lueur de gaieté amusée disparut du regard de Lacey et fit place à une expression lugubre.

– Je vois.

Tout de suite, elle évoqua son ex-fiancée, dont il avait parlé peu auparavant.

– Ça m'étonnerait. Vous ne me connaissiez pas lorsque j'ai traversé ma crise, dit-il avec un petit rire.

– Comment?

Elle le regarda, confuse. Il pensait sûrement qu'elle ne tarderait pas à devenir une créature sans cœur comme la femme de son passé.

Il prit un ton d'une douceur inattendue:

– Moi aussi je suis passé par là, il y a quelques années. Vous n'êtes pas la première à découvrir que vous êtes dans une phase critique de votre existence, Lacey Seldon. Ni la seule à envisager une vie totalement nouvelle pour tenter d'en sortir.

– Vous me dites que vous avez vécu une expérience de ce genre?

Incrédule, elle ouvrit des yeux interrogateurs.

– Je n'arrive pas à vous imaginer en proie à des scrupules, ni envers vous-même ni envers qui que ce soit d'autre.

– Je n'en éprouve pas... enfin, plus maintenant.

– Mais à un certain moment, oui?

Elle le pressait de répondre, brûlant d'une soudaine curiosité.

Holt était devenu grave.

– Oui, à un certain moment. Voulez-vous savoir ce que j'ai appris au cours de cette période?

La réponse fusa :

– Non! Je le vois bien, ce que vous avez appris! Vous avez décidé de vous cramponner à votre confort et à votre sécurité, n'est-ce pas? Vous dites que vous avez traversé une crise? Mais avez-vous changé de vie? Non! Alors, au diable vos conclusions! Car, voyez-vous, Holt, moi, je change en ce moment totalement d'univers. Et je n'ai pas de leçons à recevoir de quelqu'un qui n'a pas été capable de rompre avec son passé!

– Vous n'êtes pas disposée à tirer les leçons des erreurs d'autrui?

– Quand on se lance dans une vie nouvelle, on a besoin de se référer à des exemples qui ont réussi...

– Sans incidents de parcours.

C'était lui qui avait conclu, la voix soudain agressive.

Lacey ferma les yeux un instant, ses joues s'empourprèrent. Jamais encore elle ne s'était montrée si dure. Que lui arrivait-il? Pourquoi se laissait-elle démonter par cet homme?

Elle se ressaisit et l'observa à travers ses cils.

– Il appartient à chacun de nous de faire ses choix, Holt. Apparemment, vous avez fait les vôtres. C'est votre affaire. Néanmoins, je suis sûre que vous comprendrez que je ne désire pas particulièrement que vous, ou un autre, décidiez à ma place.

– Lacey, écoutez-moi...

– Si vous le permettez, je vais rejoindre Jeremy.

Elle lui adressa son sourire le plus éblouissant.

– Et, surtout, rassurez-vous, vous avez fait votre devoir!

Sans attendre de réponse, Lacey tourna les talons et quitta la piste de danse. C'était la seconde fois de la soirée qu'elle lui tournait le dos. Et elle connaissait à peine cet homme!

3

Le lendemain matin, Lacey était assise sur une natte, les jambes croisées, les paumes sur les genoux tournées vers le ciel et face au soleil levant, quand Holt se manifesta de nouveau.

– Alors, on médite maintenant? Vous semblez faite pour vivre ici, Lacey. J'imagine la tête des gens en Iowa vous surprenant dans cette posture!

Sa voix était sèche mais Lacey y décela une ironie voilée qui trouva un écho en elle.

– Bonjour, Holt, dit-elle calmement sans ouvrir les yeux.

Elle pouvait le sentir tout près d'elle, sur la pelouse derrière la villa, étudiant son visage.

– Vous venez savoir où Jeremy a terminé sa nuit? Vous me rappelez une surveillante de dortoir que j'avais au pensionnat. Maintenant que vous avez pu constater que je suis seule, courez vite au prochain bungalow. Qui sait ce qui peut s'y passer de croustillant!

Maladroitement, il maugréa :

– Croyez-le ou non, ce n'est pas dans mes habitudes d'espionner mes clients.

Elle n'entendait pas le bruit de ses pas sur l'herbe humide de rosée, mais le sentit qui se rapprochait.

– Je l'aurais pourtant parié!

Elle revoyait son regard soupçonneux fixé sur elle quand, la nuit dernière, elle avait quitté la salle au bras de Jeremy.

A cette pensée, elle souleva ses longs cils roux; il se tenait debout à côté d'elle. Elle enregistra les chaussures de marche, le short et le torse nu, tout bronzé.

Lacey sourit doucement.

– Ce n'est pas parce que vous faites du jogging à cette heure matinale que vous êtes en droit de vous moquer de mes petites habitudes.

– Je cours, mademoiselle Seldon, je ne fais pas de jogging, nuance!

Il s'accroupit près d'elle, un large sourire aux lèvres.

– Si le cœur vous dit de vous joindre à moi, le sentier part juste au-dessus...

Il indiqua d'un geste vague un point derrière un bosquet d'arbres.

– C'est la raison de ma présence dans vos parages.

Lacey lui répondit avec cérémonie :

– Je vous remercie de votre aimable invitation. Mais, voyez-vous, j'ai déjà mon programme pour ce début de journée.

– En effet, je vois.

Son regard s'attarda sur ses cheveux négligemment roulés en chignon sur la nuque. De délicates mèches bouclées retombaient sur ses épaules au-dessus de l'encolure du corsage brodé. Quelque chose dans l'expression de Holt lui fit prendre conscience qu'elle était nue sous sa tunique.

– L'idée de commencer vos journées comme vous les finissez ne vous tente pas? A deux!

Elle mit un temps avant de saisir l'allusion.

– Intéressante suggestion, je cours réveiller Jeremy.

– Allons, s'écria-t-il sur un ton de reproche. Jeremy dort sûrement sur ses deux oreilles. Tandis que moi, je suis ici, bien réveillé, et...

– Vous devenez plutôt entreprenant! Vous feriez mieux de continuer à courir pour dépenser cet excès d'énergie en vous!

– Donnez-moi une chance, Lacey. J'essaie de vous faire des excuses.

– Des excuses! s'exclama-t-elle, les yeux écarquillés.

– Hier soir, après votre départ, j'ai compris que je m'étais conduit comme un imbécile. Je suis même surpris de vous voir encore ici. Je m'attendais presque que vous vous présentiez ce matin au bureau pour m'annoncer votre décision de passer l'été ailleurs.

Elle hésita une seconde. Elle aurait voulu ne pas être consciente de la force qui se dégageait de son corps lisse et musclé. Mais dans la lumière du matin il y avait un je-ne-sais-quoi de terriblement séduisant dans sa puissante carrure, ses cuisses dures et musclées couvertes d'un duvet ombreux, le contour bien dessiné de ses épaules et de son bras. Il émanait de Holt une virilité qui semblait éveiller ses sens d'une façon inquiétante. Malgré elle, Lacey se rappela le frisson qui l'avait parcourue tandis qu'il dansait avec elle.

Elle chassa résolument cette pensée de son esprit.

– Vous étiez ennuyé... euh... de laisser échapper une affaire? lança-t-elle sur un ton léger.

– Et vous considérez – avec juste raison – que je l'aurais bien mérité? La vérité, Lacey, c'est que je regrette de m'être comporté en...

– ... En frère? en père? ou comme tant d'autres que j'ai connus dans mon pays?

– Quel mal?

41

– Rassurez-vous. Je suis habituée. Du moins, ici je n'y prends pas garde.

Il lui jeta un coup d'œil rapide, puis sa bouche s'étira en un mince sourire.

– Je sais, vous en avez par-dessus la tête que d'autres se mêlent de savoir ce qui est meilleur pour vous.

Elle pesa ses mots avant de répondre :

– Meilleur, non, *bon* est le terme juste. Il y a une nuance. Lorsque j'étais plus jeune, je me laissais imposer la formule car je pensais, sincèrement, que les deux termes étaient synonymes. Ce qui était bon était forcément meilleur pour moi. Et puis, un jour, j'ai compris que c'était faux. Les gens souhaitent pour vous ce qui est bon uniquement parce que ça les arrange, *eux*! Pas nécessairement parce que c'est meilleur pour vous!

Dubitatif, il l'avait écoutée, le dos appuyé au tronc d'un arbre.

– Hum!... et il vous a fallu vingt-neuf ans pour le découvrir?

– Certes pas, mais, cette fois, je veux en sortir. Quand je pense à toutes les occasions que j'ai laissées échapper dans la vie!

– Et à peine avez-vous mis pied sur la Terre promise que ça recommence! Je suis désolée, Lacey, mais j'ai des circonstances atténuantes.

Il avait l'air piteux. Lacey se mordit les lèvres, puis sourit largement.

– Si vous voulez tout savoir, vos discours ne m'ennuyaient pas tant que cela.

– Vraiment? fit-il, sincèrement étonné.

– Chez moi, je n'avais pas le choix : ou écouter et me résigner, ou risquer d'humilier ma famille et de scandaliser la communauté au grand complet. Tandis qu'ici, vos couplets, je peux en rire, piquer une crise et n'en faire qu'à ma tête! J'étais plutôt amusée la nuit dernière de pouvoir vous envoyer promener. Un symbole, en quelque sorte. Vous saisissez?

Holt passa la main dans son épaisse chevelure et secoua la tête.

– Je comprends mais, de vous à moi, je n'aime pas beaucoup l'idée de jouer ce rôle.

– Et pourtant vous le faites si bien!

– Encore une fois, j'avais des circonstances atténuantes!

Elle devina qu'il attendait d'elle un peu de réconfort et se radoucit.

– Je sais. Vous étiez bourré de préjugés à mon égard et vous vous sentiez obligé de protéger de Jeremy la pauvre créature innocente que je représentais à vos yeux. Là-dessus, vous apprenez que j'ai mené le même combat que vous autrefois pour en sortir. Et vous avez voulu me mettre en garde, c'est bien cela?

Les yeux d'acier étincelèrent dans la lumière du soleil.

– Ce n'est qu'en partie vrai, Lacey.

– Quoi d'autre?

– A la seconde même où je vous ai vue, hier, je me suis dit que j'aimerais vous connaître mieux. Et puis Jeremy Todd m'a battu de vitesse. J'espérais vous avoir pour moi seul toute la soirée et voilà que ce privilège m'a été ravi par Todd. Si je vous ai mise en garde avec tant d'insistance, c'est probablement, j'en ai peur, par dépit de voir qu'un autre avait été plus rapide!

– Oh!

– Ne faites pas l'étonnée! Vous m'avez d'emblée classé dans le même panier que tous vos sages du Midwest, mais je ne vois pas pourquoi ça m'empêcherait d'être attiré par vous!

L'air interrogateur, elle redressa le menton :

– Vous l'êtes?

Elle retenait un peu son souffle. Ces aveux éclairaient la situation d'un jour nouveau.

– Est-ce si difficile à croire? Vous êtes une femme étrange, Lacey Seldon. Me laisserez-vous réparer ma conduite d'hier?

– Comment?

– En acceptant de prendre votre petit déjeuner sur mon bateau, ce matin. J'en ai pour une heure à peine à le préparer. Je vous montrerai ainsi l'île vue de la mer.

L'invitation était alléchante, Lacey accepta avec un sourire.

– D'accord. J'ai tout l'été pour répondre à mes offres d'emploi. Et puis je ne suis encore jamais montée sur un vrai bateau, seulement dans un canot!

Le visage de Holt s'éclaira.

– Au moins, voilà quelque chose qui ne rappellera pas votre passé! Mettez des sandales plates. Rendez-vous dans une heure sur le quai, devant l'auberge.

Lacey fit oui de la tête. Elle observa la grâce et la souplesse de ses mouvements tandis qu'il s'éloignait en courant sur le sentier. Elle se releva à son tour, secoua la poussière de son jean serré et prit le chemin de sa maison, avec un avant-goût de plaisir... Décidément, la vie s'annonçait sous les meilleurs auspices. Deux hommes différents en deux jours! Qui l'eût cru?

Différents, pour ça oui! pensait-elle en se versant une tasse de café dans la petite cuisine inondée de soleil avant de s'asseoir à table près de la fenêtre. Jeremy incarnait presque en tous points son idéal masculin. Elle appréciait sa compagnie et ils avaient tous deux une conception de la vie qui était très proche.

La veille, elle s'était laissé embrasser lorsqu'il l'avait raccompagnée chez elle, et pourtant elle ne l'avait pas fait entrer. Elle avait pris un certain plaisir à ce baiser, mais rien de comparable à l'excitation qu'elle escomptait dans son subconscient.

Et voilà que, maintenant, elle allait passer une matinée sur un bateau avec un homme qu'il serait au moins agréable de taquiner s'il devenait par trop

44

moralisateur. Brusquement elle se demanda si Holt Randolph essaierait de l'embrasser. Et aussi quelle serait sa réaction si c'était elle qui l'embrassait la première?

Cette idée déclencha en Lacey un petit rire intérieur qui transparaissait encore dans ses yeux quand elle se dirigea vers le quai. Un magnifique yacht, d'un blanc éclatant, scintillait au soleil. Holt allait et venait sur le pont. Il portait un jean délavé, les muscles de son dos jouaient avec aisance, presque sensuellement, pensa-t-elle.

Il s'avança à sa rencontre sur le quai. Malgré sa cordialité, elle le sentit méfiant. Pendant un moment, elle essaya d'en discerner la cause, puis n'y pensa plus.

– Le petit déjeuner est prêt? demanda-t-elle gaiement.

– Il n'attend plus que vous.

La main tendue, il l'aida à monter sur le bateau, qui se balançait doucement. Le yacht reluisait de propreté. Comme il devait en être fier!

– Espérons que je ne suis pas sujette au mal de mer! plaisanta-t-elle.

– Si vous l'êtes, vous pouvez être sûre de passer par-dessus bord. Je ne tiens pas à ce qu'on salisse mon pont!

– Même si c'est un hôte payant?

– Je ne prends jamais d'hôte payant sur *Reality*.

Une pointe d'arrogance perçait dans sa réponse, tandis qu'il larguait les amarres.

– Seulement des amis?

– Et de bons, déclara-t-il avec emphase.

Il enroula les cordages, puis se rendit à l'avant pour mettre le moteur en marche.

– En qualité d'amie privilégiée, puis-je vous demander pourquoi ce nom de *Reality*?

Lacey prit le siège qu'il lui offrait. Le moteur ronfla et le bateau s'écarta doucement du quai.

Il lui jeta un regard dubitatif.

– Tenez-vous vraiment à le savoir? Nous risquons

de relancer une conversation que vous vous êtes chargée de clore hier soir plutôt énergiquement...

– J'y suis! *Reality* se réfère à ce que vous êtes censé avoir appris à l'époque de votre grande escapade?

Elle avait parlé d'une voix douce. Après tout, le souvenir de cet échec devait lui être désagréable. Le plus curieux c'est qu'elle n'arrivait pas à imaginer que Holt ne réussissait pas tout ce qu'il entreprenait.

– Il y a un peu de cela.

Toute son attention semblait concentrée sur les manœuvres pour sortir le bateau de la petite baie.

– Avez-vous vraiment envie de le savoir?

– Je n'en suis pas trop sûre.

D'un mouvement plein de coquetterie, elle rejeta la tête en arrière pour offrir son visage à la caresse du soleil.

– Peut-être vais-je me sentir au bord de la dépression.

– Probablement. Je devine que vous préférez ne pas aborder le sujet... Vous avez bien fait de prendre vos précautions, il peut faire très chaud.

Il désigna le ravissant chapeau d'un jaune lumineux qu'elle avait pensé à emporter à la dernière minute.

– Avez-vous toujours vécu sur l'île?

Appuyée au bastingage, Lacey admirait la côte verdoyante.

– Enfant, j'y passais tous mes étés. Ma famille habitait Tacoma et mes grands-parents paternels tenaient l'auberge. Mon grand-père comptait sur mon père pour prendre la succession mais, le moment venu, mon père n'a pas voulu renoncer à sa carrière d'ingénieur.

– Vous, au contraire, vous faisiez très bien l'affaire.

Lacey prit un air entendu et Holt haussa négligemment les épaules.

– C'est une longue histoire.

– L'important, je suppose, c'est que vous soyez heureux aujourd'hui, dit Lacey sans le regarder. Etes-vous content d'avoir fait ce choix... imposé, en fait, par votre famille ?

– Content d'avoir fait face à la réalité, vous voulez dire ?

– S'agit-il bien de cela ?

Elle tourna la tête pour le regarder droit dans les yeux.

– Oui, prononça-t-il fermement.

– Et êtes-vous heureux ?

Toute trace d'ironie avait disparu de son visage tandis qu'elle attendait sa réponse avec une vive curiosité.

– Je ne regrette pas mon choix.

Le ton était neutre, presque froid. Ses cheveux châtains semblaient retenir le reflet éblouissant du soleil sur l'eau, et Lacey prenait plaisir à le contempler. Elle ne soupçonnait pas que le roux de sa chevelure s'embrasait de même sous la lumière du soleil, d'un feu qui s'éteignit quand elle mit son chapeau jaune.

– C'est plus important que tout le reste, dit-elle avec condescendance.

– Et vous-même, étiez-vous heureuse en Iowa ?

– Oh non ! s'écria-t-elle, et puis cessons cette discussion. Où allons-nous ?

Il hésita à poursuivre sur le premier sujet avant de lui répondre sur un ton léger :

– Je connais une charmante petite anse, bien abritée, à proximité de la pointe sud de l'île. Nous pourrions jeter l'ancre et déjeuner à bord. Ça vous va ?

– Fantastique ! Je ne suis toujours pas malade.

Tout son entrain était revenu.

– Il ne manquerait plus que cela ! La mer est aussi lisse et calme qu'une piscine.

Une pensée soudaine lui fit vivement tourner la tête.

– Mon Dieu! J'ai oublié de vous demander si vous saviez nager?

– Bien sûr! Nous n'avons peut-être pas d'océans dans le Midwest mais nous ne manquons ni de rivières ni d'étangs!

– Ouf! Ici tout le monde est censé savoir nager.

– Peur que je passe par-dessus bord?

– Ou que l'on vous y pousse. Qui sait!

– Ne vous en faites pas! Pourvu que vous me serviez un bon petit déjeuner, je ne vous donnerai pas l'occasion de me pousser dans le Puget Sound.

– Je m'en souviendrai!

Le ton badin de Holt donnait à penser qu'il était disposé à une trêve. Lacey se détendit, s'abandonna à la joie qui brillait dans ses yeux. Aussi loin que remontaient ses souvenirs, elle ne se rappelait pas une matinée si radieuse. Aucun doute, elle avait eu raison d'accepter.

Son visage exprimait sa bonne humeur quand Holt jeta l'ancre dans la petite crique. Il lui adressa un sourire charmant et immobilisa le bateau. Puis il baissa la tête pour entrer dans la cabine chercher le petit déjeuner.

– Vous ressemblez à une chatte qui se chauffe au soleil après avoir avalé un gros canari.

Il prit un air faussement soupçonneux tout en s'apprêtant à sortir les victuailles.

– C'est exactement ce que je ressens.

Lacey s'étira puis s'adossa au coussin du siège.

– A ceci près que j'attends toujours le canari. Le panier n'en cache-t-il pas, par hasard, un bien dodu?

– Je ne promets rien pour le canari, mais en revanche voilà des croissants, des fraises, du saumon fumé et du jus d'orange. Est-ce que ça vous va?

– Fantastique!

Ils dévorèrent avec appétit le contenu du panier, puis Holt prépara le café dans la kitchenette du bateau. La conversation se déroulait, légère et facile. Tous deux évitaient avec soin les sujets tabous.

– Je crois bien que je suis née marin, dit Lacey en dégustant avec délectation son café. Je me sens dans une forme!

– Eh bien! je vous emmènerai un de ces jours faire une croisière d'île en île, dit Holt tandis que leurs regards se croisaient par-dessus leurs tasses. Les îles San Juan jalonnent la route du Canada. L'idée vous tente-t-elle?

Lacey s'apprêtait à sauter sur l'occasion, quand un réflexe de prudence la retint. Holt allait un peu vite à son goût pour amener leurs rapports sur un nouveau plan. Pas plus tard que la nuit dernière, il lui faisait la morale. Aujourd'hui c'était toujours le même homme, décida-t-elle résolument. Il était attiré par elle, soit, mais ses idées ne pouvaient avoir changé en vingt-quatre heures. Il désapprouvait toujours ses projets.

Elle afficha une réserve polie :

– Nous verrons. La proposition ne manque pas de charme...

Puis elle entreprit de rassembler dans un sac les restes du pique-nique, consciente du regard de Holt posé sur elle.

– Veuillez transmettre mes félicitations à votre cuisinier. C'est le meilleur petit déjeuner de ma vie! Ou scrait-ce que tout a meilleur goût ici?

Elle redevint brusquement sérieuse quand Holt lui prit le menton; elle ne pouvait plus éviter de le regarder. La bonne humeur de Holt semblait s'être envolée, tandis qu'une expression grave se peignait sur son visage aux traits fortement marqués. Il se pencha sur elle :

– Et si nous le découvrions ensemble?

– Découvrir quoi? murmura-t-elle.

Elle sentit un frisson parcourir tout son être. Holt s'apprêtait à l'embrasser et elle était stupéfaite de son propre désarroi.

– Si tout a réellement meilleur goût ici...

Il pencha la tête, sa main glissa derrière sa nuque, sous la masse sombre de sa chevelure. Il déposa un baiser furtif là où son chapeau faisait de l'ombre, puis ses lèvres hardies s'emparèrent hardiment des siennes.

Lacey attendit un peu avant de savoir comment répondre à ce premier baiser... La nuit dernière, quand Jeremy l'avait prise dans ses bras, elle avait d'abord ressenti un avant-goût de plaisir très agréable qui ne l'avait pas empêchée de rester sur sa faim lorsqu'il l'avait embrassée. Elle était assez avisée pour ne pas en avoir éprouvé une grande déception. Jeremy, après tout, n'en était qu'à ses débuts...

Mais cette fois, rien de comparable, dut-elle s'avouer, tandis que les lèvres chaudes et ardentes de Holt se faisaient plus exigeantes, plus insistantes. Ce baiser-là ne ressemblait pas à ceux qu'elle avait reçus jusqu'ici. Ni au baiser de Jeremy, la nuit dernière, ni aux baisers prosaïques de Harold, ni à ceux, distraits en quelque sorte, de son ex-mari.

Il y avait là un élément nouveau qui, brutalement et de façon imprévisible, menaçait de lui couper le souffle.

Cette révélation la bouleversa tandis que Holt poursuivait son exploration intime.

– Lacey? chuchota-t-il tout contre sa bouche.

Son nom résonna comme une question qu'il murmura d'une voix rauque, mais il n'attendit pas la réponse. Ses doigts, forts, un peu calleux, accentuèrent leur pression sur sa nuque, comme pour empêcher qu'elle ne tente de se dégager avant qu'il ait pu finir d'embraser ses sens.

Lacey voulut le repousser, mais il l'étreignit plus fort tandis que sa langue s'aventurait dans la chaude douceur de sa bouche. Elle n'éprouvait aucune frayeur, mais s'alarmait de la violence de sensations de plus en plus incontrôlables qu'il faisait naître en elle. Elle n'avait jamais encore rien connu de semblable. Elle devait faire attention...

Elle posa une main sur son épaule pour tenter d'établir une certaine distance entre eux. Mais Holt eut un murmure de protestation et ses deux bras se nouèrent fermement autour de la taille de Lacey. Puis, d'un geste souple et décidé, il l'installa sur ses genoux. Son pouls s'affolait.

– Holt! balbutia-t-elle vainement, d'une voix de gorge brisée. Il ne faut pas...

Il ne la laissa pas continuer et reprit sauvagement possession de ses lèvres. Prisonnière entre ses cuisses, la tête rejetée en arrière sur son épaule, sa chevelure balayant le menton de Holt, elle percevait la chaleur que dégageaient sa poitrine burinée par le soleil et les muscles tendus de ses jambes. Dans cette position, elle se sentait infiniment vulnérable.

– Ne dites rien, Lacey, chuchota-t-il, la bouche pressée contre sa joue. Pas encore. Les mots sont parfois inutiles...

Ses baisers gagnaient le creux de sa gorge et elle sentit une main descendre sur sa hanche, remonter sous le corsage et se poser contre la peau nue de son dos.

Tremblante, Lacey laissa échapper un petit soupir. Il lui fallait reprendre le contrôle de la situation immédiatement. Mais le voulait-elle vraiment? Le léger balancement du bateau accentuait, par une sorte d'effet hypnotisant, les sensations enivrantes que les lèvres et les mains de Holt éveillaient en elle. Elle ne se déroba plus, mais laissa ses doigts remonter sur son visage puis jouer dans la masse épaisse de la chevelure de Holt.

– Holt!... murmura-t-elle.

Ce mot sembla briser en eux les dernières barrières. La main puissante et chaude de Holt pressa de nouveau sa taille, puis se coula vers ses seins libres.

Lacey devina ses intentions. Trop tard! Que se

passait-il? Elle connaissait à peine cet homme et n'était même pas sûre d'approuver chez lui le peu qu'elle connaissait. Alors pourquoi se laissait-elle ainsi caresser?

Au prix d'un terrible effort de volonté, elle tenta de s'échapper de l'étau de ses genoux. Mais le bras de Holt qui la tenait pressée contre lui se resserra encore, la maintenant à sa merci, tandis que ses doigts dessinaient le contour de ses petits seins, hauts et fermes.

— Lacey, laissez-vous aller, implora-t-il. Je désire tellement goûter à votre douceur! A la minute où je vous ai vue, j'ai eu envie de vous embrasser. Que diable! Je voulais même plus que cela! J'ai décelé dans ces ravissants yeux bleu-vert une excitation et une promesse de plaisir trop claires. J'ai souhaité que vous connaissiez ces émotions avec moi.

— Holt! je vous en prie! Les choses ont été bien trop loin... Je vous connais à peine et...

— Non, répliqua-t-il de sa voix profonde. Quelle importance que vous alliez trop loin, selon votre expression, avec un étranger, pourvu que vos sentiments soient vrais? Ne l'avez-vous pas dit vous-même?

— En réalité, je...

Mais les mots moururent dans sa gorge, étouffés par une onde de plaisir : Holt effleurait de son pouce la pointe de son sein, qu'elle sentit se raidir sous la caresse.

— Parce qu'il s'agit de vrais sentiments, n'est-ce pas Lacey?

Il guettait la moindre réaction de la jeune femme, cherchait les détails les plus sensibles, venait et revenait inexorablement sur la pointe de ses seins, qu'il pinçait doucement puis effleurait de la paume, tour à tour.

La tête sur son épaule, Lacey poussait de petits gémissements. La moiteur de sa peau brûlante, son odeur chaude et profonde l'enivraient. Dans un élan irrépressible, elle mordit l'épaule de Holt, qui répondit par une plainte rauque. Sa main courut plus vite sur la poitrine de Lacey, affolée et vibrante d'excitation.

Enhardi, Holt releva le corsage de Lacey, dégageant complètement sa poitrine, et saisit entre ses lèvres les mamelons durcis.

– Oh...

Elle laissa échapper un râle, tout son corps prenait feu. Jamais encore le contact d'un homme n'avait fait naître en elle une réaction si forte, si immédiate! Elle sut d'emblée qu'elle avait trouvé ce qu'elle cherchait et que ce feu qui incendiait ses sens et provoquait en elle cette cascade de frissons était ce qu'elle attendait et qu'elle n'avait jamais connu au long de ses dix-huit mois de mariage.

– Lacey, Lacey... murmura-t-il.

Sa langue décrivait des cercles de plus en plus étroits autour de la tache sombre de son mamelon – torture délicieusement intolérable. Elle attrapa violemment sa chevelure, le forçant à appuyer fortement sa bouche contre elle.

Dans un élan de plaisir et de désir exacerbé, il couvrit son visage et son corps de baisers, à tel point qu'elle finit par demander grâce.

Alors, d'un bond, il fut sur ses pieds, la souleva dans ses bras et l'entraîna dans la petite cabine. Elle ferma les yeux pour se protéger autant de la brûlure du soleil que de la sensation de l'inévitable. Comme Holt la déposait délicatement sur la couchette étroite, ses cils battirent puis elle ouvrit les yeux. Il s'étendit sur elle... Le poids de son corps solide et musclé sur le sien la cloua sur la couchette.

D'un geste vif et impatient, il la débarrassa de son corsage, puis l'étreignit de toutes ses forces, pressant son ventre contre elle. Ses baisers n'épargnaient rien, ni sa bouche, ni son cou, ni ses seins...

– Je vous désire! Dieu comme je vous désire! dit-il d'une voix enrouée. Je n'ai jamais autant désiré une femme, aussi soudainement, aussi violemment. Vous m'avez drogué!

Quand elle sentit la passion de Holt toucher au paroxysme, elle y répondit de tout son être. Les bras noués autour de la nuque de Holt, elle enfouit ses lèvres au creux de sa gorge. Puis, doucement, elle se mit à mordiller le lobe de son oreille.

Dès lors, Lacey sut que plus rien ne comptait sauf son besoin de cet homme qui avait su si rapidement, si totalement, enflammer ses sens. Holt s'appliqua alors à lui faire sentir son propre désir, son impatience de connaître enfin le plus secret d'elle-même.

Dominée totalement, elle abandonna toute résistance.

Les mains de Holt se débattirent fébrilement avec la fermeture Eclair de son jean, puis glissèrent sous la ceinture dénouée. Elle entendait sa respiration rauque accompagner chacun de ses gestes, de plus en plus précis, de plus en plus audacieux.

— Je vais vous posséder, Lacey, vous allez être mienne totalement, je le jure.

Il la sentit frémir sous lui et eut un éclat de rire profond, triomphant.

— N'est-ce pas ce que vous êtes venue chercher si loin, mon adorable petite bibliothécaire? Quelque chose que vous ne trouviez pas en Iowa?

— Oh! Holt, je n'aurais jamais pu imaginer! Je n'ai jamais supposé... dit-elle dans un soupir.

Sa tête s'agitait fiévreusement sur la couchette.

— Je suis content, murmura-t-il avec véhémence, que vous trouviez dans mes bras les réponses à vos questions. Pensiez-vous que ce serait si vite? ajouta-t-il d'un ton où perçait la satisfaction.

D'une main il entreprit de faire descendre son jean sur ses hanches.

— Si vite... répéta Lacey.

Les mots franchissaient difficilement ses lèvres.

— Non, je ne crois pas. Pas si vite...

Que faisait-elle? C'était trop, trop tôt. Elle avait

rêvé de vivre pleinement cette passion mais, malgré toutes ses belles idées de liberté, elle n'aurait jamais imaginé être si complètement bouleversée au cours d'une rencontre si brève.

– Holt! arrêtez! Vous devez arrêter! Je n'ai pas voulu ça...

Les mains de Holt s'immobilisèrent, ses ongles s'enfoncèrent dans la chair de Lacey. Il leva vers elle ses yeux noyés de plaisir. Puis ses pupilles se rétrécirent quand il prit conscience de l'angoisse que reflétait le visage de la jeune femme.

– Il est un peu tard maintenant, vous ne trouvez pas? Trop tard! Vous ne demandiez qu'à aller jusqu'au bout, vous aussi! Avouez-le!

– C'est trop tôt, trop tôt, je ne veux pas, pas comme ça, répéta-t-elle.

– Vous cherchiez une liaison, non?

– Une liaison amoureuse! Pas une passade dépourvue de sens avec un homme que je connais à peine, avec qui je n'ai pas le moindre point commun.

Sa voix était pitoyable.

– Laissez-lui le temps, Lacey. Ne dites pas que cette liaison n'a pas de sens. Rien dè fort ne saurait être dépourvu de sens.

– Vous ne comprenez pas.

Ses poings martelaient les épaules de Holt pour essayer de le détacher d'elle.

– Bon sang! Vous ne pouvez pas reculer après avoir tout déclenché!

– Oui, je le peux! Je peux faire ce qui me plaît.

Elle le repoussa violemment, trouvant dans la colère la force qui lui manquait.

– C'est pour cela que je suis venue dans cette région, souvenez-vous! Pour vivre ma vie comme je l'entends.

Elle vit un flot de sang irriguer les joues de Holt et put sentir physiquement l'effort qu'il faisait pour refouler son désir. Mais soudain elle prit conscience que, s'il le décidait, il pouvait parfaitement la renverser sur la couchette, lui arracher son jean et finir ce qu'il avait commencé.

Une crispation la contracta à l'idée qu'elle jouait avec le feu. Elle s'était conduite comme une inconsciente, une folle!

Pourtant, quoi qu'il advienne, les sensations que cet homme avait éveillées en elle, et qui couraient encore comme du feu dans ses veines, resteraient à jamais gravées dans sa mémoire.

Dans la seconde, elle sut qu'elle avait gagné la partie. Lacey vit les lèvres de Holt se pincer et son regard se durcir. Elle perçut nettement le combat qui se livrait en lui. Sans un mot, il se releva, se détourna avec une exclamation inarticulée et sortit précipitamment de la cabine.

Lacey entendit le moteur démarrer tandis qu'elle remontait sa fermeture Eclair d'une main tremblante et cherchait son corsage. Elle avait pleinement conscience de sa responsabilité dans ce qui venait de se passer, et une vague de honte la submergea. S'armant de courage, elle se dirigea vers le pont.

Debout, tendu, Holt guidait son bateau hors de la crique. Il ne lui jeta pas un regard lorsqu'elle posa sa main sur son épaule.

– Holt! murmura-t-elle d'une voix à peine audible.

Elle dut faire un effort pour s'obliger à continuer plus fort :

– Holt! je suis désolée. Je comprends votre colère. C'est ma faute si les choses ont mal tourné.

Il se retourna pour la dévisager d'un regard hostile.

– Désolée! Vraiment, vous êtes désolée!

– Je ne sais pas ce qui m'a pris. Je n'avais pas le droit de vous attirer, de vous permettre certains gestes alors que je n'étais pas prête à vous céder. Pardonnez-moi, je vous prie. Cela ne se reproduira plus, parole!

Ses yeux implorants et contrits rencontrèrent

ceux de Holt, qui n'exprimaient pas que de l'ahurissement.

— Vous êtes désolée!

Il éteignit le moteur et fit volte-face.

— J'assume l'entière responsabilité de ce qui vient de se passer, insista-t-elle.

Elle sentit la colère de Holt tomber et esquissa un sourire.

— Il me faudra dans ma nouvelle vie accepter les obligations autant que les privilèges de ma liberté. J'ai eu tort de ne pas avoir mis les choses au point avec vous depuis le début.

Elle crut percevoir un éclair d'amusement dans son regard.

— Avez-vous oublié, demanda-t-il avec un grand sérieux, que c'est moi qui ai pris l'initiative de ce baiser qui nous a entraînés si loin?

— Bien sûr que non! Je ne suis pas près de l'oublier!

— Alors ne vous semble-t-il pas que ce petit couplet d'excuses m'incombait plutôt qu'à vous?

Maintenant elle était certaine qu'il s'amusait. Elle retrouva son assurance et secoua la tête:

— Pas dans ce cas. J'ai eu tort de ne pas vous avoir clairement dévoilé mes intentions. Je vous ai dit que je souhaitais une liaison et ce n'est pas votre faute si je n'ai pas précisé que je voulais autre chose qu'une passade d'une nuit, pardon, d'une matinée!

Il mit une main sur sa hanche et s'adossa au plat-bord avec un lent sourire.

— Je ne prétendrai pas que cela m'enchante de vous laisser la responsabilité de toute l'aventure. A la réflexion, je préfère penser que j'ai réussi à vous séduire!

Elle retrouva son sens de l'humour lorsqu'elle comprit que Holt lui-même ne faisait pas un drame de l'incident.

— Allons-nous jouer à pile ou face pour savoir qui mérite la punition?

Holt se mit à rire, l'attira brusquement par le cou

et lui appliqua un baiser qui se termina aussi vite qu'il avait commencé.

– Vous êtes une drôle de femme, Lacey Seldon. Quoiqu'il advienne cet été, je peux prédire que la vie ne sera pas triste!

– Tant mieux! Je n'ai pas fait un si long voyage pour mener une vie triste!

Il lui jeta un regard étrange, énigmatique.

– Oui, dit-il. Un long, trop long voyage...

4

Les jours suivants, Lacey eut l'impression de marcher sur une corde raide – sensation inconnue, plutôt agréable et excitante. Mais, en même temps, elle ne pouvait se défaire d'un sentiment de malaise dû à l'effet que provoquait en elle la présence d'un homme qu'elle aurait dû tenir à l'écart.

Holt Randolph la désirait. Elle le lisait dans ses yeux, chaque matin, quand il s'arrêtait pour bavarder avant d'entamer sa course. C'était une habitude : tandis qu'elle méditait, assise sur sa natte, il guettait le moment où, s'apercevant de sa présence, elle lui dirait bonjour. Alors, sans plus de bruit qu'un chat, il se plantait face à elle, les yeux emplis du souvenir de cette matinée sur le bateau. Et, chaque matin, elle attendait quelque chose...

Pourtant, il ne faisait rien pour recréer l'intimité de cette fameuse promenade. Mais son regard le trahissait sans qu'il ait à s'exprimer.

Le soir, lorsqu'elle se rendait à l'auberge, seule ou en compagnie de Jeremy, Holt ne manquait pas de danser avec elle, joue contre joue, corps contre corps, dans une attitude qui signifiait clairement que son désir n'était pas mort, mais qu'il entendait bien le contenir. Elle sourit en elle-même et se dit que les sentiments de Holt à son égard étaient aussi ambigus que les siens envers lui. Il n'approuvait pas ses projets et, de son côté, elle était agacée par ses efforts maladroits pour ne rien laisser paraître de sa réprobation. Il laissait échapper de fréquentes allusions, auxquelles elle répondait par un rire moqueur.

— A quoi pensez-vous à cette heure matinale? lui demanda-t-il un jour qu'il s'asseyait sur ses talons, près d'elle.

Il portait son short et ses chaussures de sport, et la considérait avec intérêt.

— Et vous, à quoi pensez-vous quand vous courez?

Il hésita avant de répondre.

— A rien de particulier, à tout ce qui me passe par la tête, je suppose. Je laisse plutôt mon esprit flotter au rythme de mon corps. Je me contente d'enregistrer passivement sentiments et sensations, sans chercher à me concentrer.

Il l'interrogea du regard pour savoir si elle comprenait.

— Exactement comme moi, dit Lacey tranquillement. Je reste assise et je fais le vide dans mon esprit avant d'entamer ma journée.

— Vous aviez l'habitude de cet exercice chez vous, dans le Midwest?

— Vous n'y pensez pas! On m'aurait enfermée avec les fous!

Il concevait parfaitement les bienfaits qu'elle escomptait d'un tel moment de détente et, de son côté, elle devinait ce que cette course matinale représentait pour lui.

Parfois, lorsqu'elle quittait l'auberge, en compagnie de Jeremy, tard dans la nuit, Lacey remarquait le regard anxieux et mécontent de Holt posé sur elle. Visiblement, il se retenait pour ne pas envoyer promener le jeune homme et la raccompagner lui-même à son bungalow. Cette réserve, ce contrôle de lui-même intriguaient Lacey.

Un jour qu'elle était assise au bord de la piscine et bavardait avec de nouveaux arrivants, tout en feuilletant nonchalamment une pile de lettres professionnelles, elle vit approcher Holt.

D'un signe de tête, il salua le groupe.

– On vous demande au téléphone, Lacey. J'ai dit à George que je vous avais aperçue par ici.

D'un bond elle fut sur ses pieds, le regard brillant. George savait-il d'où venait l'appel?

George Barton, l'assistant de Holt, était un homme de vingt-cinq ans, agréable, qui avait pris à cœur les recherches de Lacey pour trouver du travail. Il lui préparait tous les matins sa pochette de courrier.

– De l'Iowa, j'en ai peur. Vous vous attendiez à plus intéressant?

Il l'observa tandis qu'elle se saisissait vivement de son peignoir de bain rouge vif qu'elle passa sur son maillot. Elle agita à bout de bras une lettre reçue le matin même.

– Hawaii, annonça-t-elle.

Et elle se dirigea vers la rangée de cabines téléphoniques situées à l'extrémité de la piscine. Holt la suivit à pas lents, adressant au passage un bref salut çà et là. Il la rejoignit au moment où elle décrochait le combiné.

– Hawaii, qu'est-ce que ça signifie? dit-il d'un ton rogue.

Elle lui tendit la lettre qu'il parcourut en fronçant les sourcils, tandis qu'elle parlait dans l'appareil.

– Allô, maman? Mais oui, je me porte comme un charme. Vous n'avez pas reçu mes lettres? Oui, l'endroit est fantastique!

Elle écouta poliment le couplet inévitable à l'autre bout du fil.

– Non, fit Lacey doucement. Je me plais ici, je ne retournerai pas en Iowa. C'est vous qui devriez venir visiter ces îles. Rien que du vert. Pas un champ de blé à l'horizon!

— Lacey, déclara fermement Martha Seldon, ne crois-tu pas que ça suffit maintenant? C'est très bien de prendre des vacances...

Malgré son irritation croissante, Lacey s'efforça de garder un ton léger.

— Il ne s'agit pas de vacances, maman. C'est définitif. Essaye de comprendre, je t'en prie.

Il y eut une pause, puis sa mère aborda la vraie raison de son appel.

— Roger, dit-elle d'une voix pleine de sous-entendus, Roger demande le divorce.

— Sans rire! Encore?

Lacey accueillit avec une parfaite indifférence la nouvelle du second divorce de son ex-mari.

— Comment l'avez-vous su?

— Il a appelé à la maison, Lacey. Il voulait te parler.

— Pourquoi? demanda-t-elle d'un ton glacé. Il ne s'imaginait tout de même pas que j'attendais, éperdue, l'occasion de le consoler?

Pourtant, c'est exactement ce que Roger avait dû penser. Il avait toujours été apprécié par la famille de Lacey et n'ignorait pas que la jeune femme passait toujours par les quatre volontés de ses parents.

— Ecoute. Roger, tu le sais, n'a jamais cessé de s'intéresser à toi.

La voix de Martha Seldon s'était radoucie. Elle avait toujours rêvé d'un mari médecin pour sa fille.

— Roger Wesley s'est intéressé à moi tant qu'il a eu besoin d'une source de revenus pour payer ses études, maman. Quand finirez-vous par le comprendre, papa et toi?

Lacey prit brusquement conscience de la présence de Holt derrière elle. Gênée, elle se détourna pour se rapprocher du récepteur.

— Je me moque comme d'une guigne de son

divorce, et vous pouvez le lui dire de ma part! s'exclama-t-elle tout contre le combiné.

— Lacey, un homme a besoin parfois de jeter sa gourme. Roger était pris par ses études, voilà pourquoi il ne l'a pas fait plus tôt. A présent, il s'est sûrement stabilisé. C'est toi qu'il a toujours réellement aimée. Les hommes sont ainsi, ma chérie, et nous, femmes, nous devons nous montrer compréhensives...

Lacey sourit malgré elle. Puis elle éclata carrément de rire.

— Oh! maman!

— Lacey, qu'y a-t-il de si drôle? Il s'agit de ton mari!

— Mon ex-mari, et il le restera à jamais. S'il vous questionne, dites-lui que, moi aussi, je suis en train de jeter ma gourme. Et ça risque de durer toujours! Au revoir, maman. Embrasse papa. Je vous appellerai la semaine prochaine.

Une lueur amusée dansait encore dans les yeux bleu-vert quand elle raccrocha. Elle se retourna et se heurta à Holt, qui l'observait d'un air inquisiteur.

— Un dernier appel à la raison?

Il lui tendit la lettre d'Hawaii qu'il avait toujours en main.

— Cette fois, ils vont me croire folle pour de bon, irrécupérable!

— On dirait que votre mère essaie sérieusement de vous raccrocher. Roger est donc votre ex-mari?

— Il divorce encore, paraît-il. Et il n'a rien trouvé de mieux à faire qu'annoncer la nouvelle à mes parents, qui voient toujours en lui un gendre possible.

— Il s'imaginait peut-être déjà rentrer en possession de sa jolie petite femme, si compréhensive, si conformiste?

— Et qui ne le comprend que trop bien!

— Vous le détestez? interrogea brusquement Holt.

— Non. Il constitue le cadet de mes soucis. Indifférence totale.

— Ah bon!

Les yeux de Lacey s'arrondirent devant la satisfaction non dissimulée que contenait cette simple exclamation.

— Pourquoi dites-vous cela?

— Parce que votre réaction prouve que vous en avez bien fini avec lui.

— En fait, Roger m'a rendu service en demandant le divorce. Si je ne l'ai pas fait, c'est que je ne trouvais pas le courage nécessaire pour créer l'esclandre. Toute la ville m'aurait désignée du doigt. Voilà.

— Et à présent, vous envisagez un travail et une liaison? Bref, vous avez décidé de jeter votre gourme, comme vous dites. A propos, à quand cette liaison?

Piquée au vif par son ton sarcastique, elle releva le menton.

— Qui vous dit qu'elle n'a pas commencé? demanda-t-elle suavement. Elle regarda du côté de la piscine, où Jeremy venait d'arriver en quête d'une bonne fortune.

— Je sais, dit Holt, haussant les épaules.

— Vous recommencez à espionner vos hôtes? s'écria-t-elle, furieuse.

— Disons que je garde un œil sur vous.

— Pourquoi?

— Vous connaissez la réponse. J'aurais parié que même en Iowa une femme sait déceler qu'un homme a des vues sur elle.

— Mais Holt, rétorqua Lacey, luttant contre la vague de chaleur qui l'envahissait, comment une femme que vous désapprouvez pourrait-elle vous faire perdre la tête? Vous avez bien trop d'empire sur vous-même!

Elle éprouvait un sentiment d'excitation à l'entendre dévoiler enfin ses sentiments. Ce n'était pas du tout le genre d'homme auquel elle souhaitait s'attacher sérieusement. Mais il passait incontestablement entre eux un courant de sensualité qui les électrisait et soulevait en elle des sensations insoupçonnées.

– Qui vous dit que je suis un champion du self-control?

Sa voix avait une douceur nouvelle qui déclencha dans l'esprit de Lacey une vague sonnette d'alarme.

– Vous avez été un modèle de réserve depuis ce petit déjeuner sur le bateau.

– Tiens, vous l'avez remarqué?

– Remarqué et admiré.

Elle se rendait bien compte qu'elle prenait un risque à relancer le sujet, mais c'était plus fort qu'elle.

– Je doute qu'une femme émancipée comme moi convienne à votre tempérament.

– En effet. A moins que je ne parvienne à brider son esprit fort.

– Impossible, dit-elle catégoriquement. Comme nous disons dans le Midwest, je ne lâcherai pas le morceau. Je compte courir aussi loin et aussi longtemps que je le pourrai tant que je n'aurai pas trouvé exactement ce que je cherche.

– En ce cas, je crains que vous ne passiez à côté du but sans vous en apercevoir!

– Ne vous inquiétez pas! Et quand bien même, il y a toujours d'autres buts, d'autres destinations.

– Vous êtes disposée à tenter toutes les expériences?

– Le plus possible!

– Si cette liaison que vous souhaitez venait à se prolonger, y mettriez-vous un terme?

– Les liaisons par définition sont éphémères, répliqua-t-elle froidement.

– Dès que vous en aurez assez ou qu'une perspective plus brillante se présentera, vous sauterez sur l'occasion, en somme?

– Pourquoi poursuivre de force une relation malheureuse? C'est absurde! Faites-vous partie par hasard de ces esprits vieux jeu pour qui deux êtres doivent continuer à cohabiter même s'ils ne s'entendent pas?

Il prit son temps pour répondre.

– Non. Mais je suis suffisamment pragmatique pour savoir que toute relation est amenée à affronter des moments difficiles et je n'aurais aucune envie de m'attacher à une femme qui me lâcherait à la première occasion!

– Autrement dit, vous n'iriez pas perdre votre temps avec une femme volage comme moi!

– Vous n'êtes pas aussi affranchie que vous le dites. Après tout, vous avez bien prétendu que vous ne vous satisferiez pas d'une aventure d'une nuit, rappelez-vous. Pourquoi nier l'évidence? Depuis une semaine que vous êtes ici, vous n'avez apparemment amorcé aucune aventure passionnante, avec Jeremy par exemple. Il était tout désigné comme partenaire d'un petit flirt d'été, non?

– Mêlez-vous de vos affaires!

Elle était piquée au vif. Plutôt mourir que d'avouer à cet homme que ses rapports avec Jeremy ne dépasseraient probablement pas le stade de l'amitié!

Holt se radoucit quand il vit la contrariété contenue dans ses yeux étincelants.

– Vous avez raison.

Elle s'étonna de son ton humble. Un peu trop humble, se dit-elle.

– Alors, s'il est vrai que vous n'avez conclu aucune sorte d'engagement avec Jeremy, vous êtes libre de dîner avec moi?

– Vous n'espérez pas que je vais applaudir à votre proposition? M'asseoir à votre table, et vous écouter toute la soirée débiter vos sermons, merci!

Prise de court par cette invitation imprévue,

66

Lacey tentait de masquer son embarras derrière une agressivité excessive. Mais, dans le même temps, elle savait déjà qu'elle accepterait. Il y avait tant de choses qu'elle désirait connaître de Holt Randolph, ne serait-ce que les limites de sa patience. Seule la curiosité la guidait, se dit-elle, une curiosité bien féminine, dangereuse, certes, mais à laquelle elle était incapable de résister.

Holt se fit enjôleur.

– Promis, je ne vous sermonnerai pas. Si vous acceptez mon invitation, vous avez ma parole que pas une critique ne sortira de ma bouche.

Lacey hésita avant de lancer d'un ton moqueur :

– Parole d'honneur ?

– Parole d'honneur, répéta-t-il solennellement.

– Alors, d'accord. Mon Dieu, quelle dure soirée en perspective pour vous ! Pourrez-vous résister à la tentation de me remettre dans le droit chemin ?

– Ne m'avez-vous pas dit que je suis un modèle de réserve ? J'ai plutôt l'impression que c'est moi qui vais subir la cascade de vos sarcasmes.

– Il y a des chances, oui. A quelle heure dois-je venir ?

– Je passerai vous chercher. Nous ne dînerons pas à l'auberge. Je vais me libérer. George me remplacera à l'apéritif. Il y a dans le village un endroit réputé pour son saumon. A six heures et demie, d'accord ?

– Du saumon ! Formidable ! s'écria Lacey avec enthousiasme.

Elle se régalait d'avance de cette spécialité du Sud-Ouest.

– Je serai prête.

Sous les yeux de Holt qui ne la quittaient pas, elle prit congé et partit à la recherche de Jeremy dans l'intention de lui montrer la lettre qu'elle avait reçue d'une société d'engineering à Hawaii. On offrait un poste de documentaliste. Lui, au moins, se réjouirait pour elle.

Au dîner, Lacey ne put s'empêcher de mettre le sujet sur le tapis.

– Bien sûr, ce n'est pas encore gagné. Cette lettre signifie seulement qu'on est intéressé par ma candidature.

Holt et elle étaient attablés près d'une fenêtre donnant sur le port, si tranquille, de l'île. Le restaurant, situé face à la mer, était réputé pour l'excellence de son poisson. Holt et sa compagne avaient été chaleureusement accueillis par le restaurateur, un ami de Holt, qui lui avait réservé la meilleure place. Intéressant de sortir avec une personnalité connue de tout le milieu de la restauration, se dit Lacey en voyant arriver sur la table une bouteille de vin.

– Il n'y avait pas d'autre nouvelle intéressante dans tout ce courrier que vous recevez? demanda Holt.

Elle venait d'attaquer son hors-d'œuvre de palourdes et répondit entre deux bouchées gourmandes :

– Si, en Californie. Une offre dans une société d'architecture et une autre dans un petit collège à Los Angeles. Les autres lettres se bornent pour la plupart à accuser réception de ma demande en promettant d'y donner suite. Mais vraiment, ce job à Hawaii, quelle aubaine! Vivre dans ces îles un an ou deux, vous imaginez!

– Vous vivez sur une île, actuellement, non? fit-il remarquer sèchement.

– Rien à voir! protesta-t-elle.

Elle songeait aux célèbres nuits hawaiiennes chargées de mille parfums, alors que, sur l'île de Holt, il fallait parfois allumer un feu en plein été!

– Et que ferez-vous si cette demande n'aboutit pas? Si rien d'alléchant ne se présente d'ici l'automne?

– Vous appréhendez de m'avoir sur le dos tout l'hiver, j'ai l'impression...

– Vous envisagez une telle éventualité?

Elle éclata de rire.

– Soyez tranquille, j'ai d'autres idées en réserve.

Fasciné, il scrutait le visage animé de Lacey.

– Par exemple?

Rieuse, elle répondit :

– Vous avez vraiment envie de savoir?

– Je vous répète que vous m'intriguez, dit-il.

Un vif éclair passa dans son regard soudain rembruni.

– Je n'en ai encore jamais parlé à personne.

Lacey s'étonnait elle-même de son envie de se confier à Holt.

– Je vous écoute.

Avec application, il beurra largement une épaisse tranche de pain au levain.

– Eh bien, voilà. Je songe à m'établir à mon compte. Monter une affaire de conseil. Toutes sortes de sociétés ont besoin de conseils pour établir les dossiers et les tenir à jour, concevoir des programmes de microfilms, etc. Je pourrais aussi changer totalement d'orientation. Devenir, que sais-je, représentante, ou encore ouvrir une boutique.

– Vous y réfléchissez vraiment?

Holt posa la question avec douceur, de sa voix profonde où perçait une certaine bienveillance. Il hésita un instant.

– Autrefois, j'ai cherché, moi aussi...

Elle l'interrompit gravement :

– Je sais et vous n'avez pas réussi... Attention, n'oubliez pas votre promesse!

– J'ai promis de ne pas vous chapitrer. Je m'apprêtais simplement à vous parler un peu de moi.

Il semblait vexé. Lacey prit conscience tout à coup qu'elle lui coupait la parole chaque fois qu'il tentait de parler de lui. D'un geste impulsif, elle lui tendit la main par-dessus la table en lui adressant un sourire chaleureux.

– Oui, je veux vous connaître. Si je vous interromps toujours, c'est par crainte de recevoir une dégelée de conseils!

Les doigts de Holt se refermèrent sur sa main et il répondit à son sourire par un regard complice.

– Je vous ai donné ma parole, je la tiendrai.

– Alors parlez-moi de votre bref envol vers la liberté.

Il retira sa main tandis que le serveur apportait le fameux saumon.

– Par où commencer? C'est une longue histoire. J'ai grandi à l'auberge. Mes parents voyageaient beaucoup, les affaires de mon père l'appelaient dans le monde entier. Je faisais de fréquents séjours sur l'île chez mes grands-parents, si bien que chacun en vint tout naturellement à penser que je reprendrai un jour l'affaire.

– Vos parents aussi?

– Oui. Mon grand-père était un homme très autoritaire, aux principes arrêtés. Pour lui, l'auberge devait rester dans la famille et comme il s'était résigné à l'idée que mon père ne prendrait pas la succession, il ne restait plus que moi. Mes parents furent trop heureux de me céder la place!

– Qu'avez-vous ressenti?

Une sympathie soudaine pour ce petit garçon élevé et orienté dès sa tendre enfance vers un but bien défini s'était emparée de Lacey.

– Etant gosse, j'adorais l'endroit et je travaillais ici l'été, pendant les vacances. Le jour où je sortis diplômé du collège, il semblait logique que je reprenne l'auberge. Mais, malgré toutes ses belles paroles, mon grand-père n'était pas disposé à se retirer. Deux Randolph aussi têtus l'un que l'autre associés au même travail, ce n'était pas possible.

– Je l'aurais parié!

Holt haussa silencieusement les épaules, tandis qu'une lueur ironique s'allumait dans son regard.

– Pour abréger, je vous dirais que les disputes étaient de plus en plus fréquentes entre mon grand-père et moi. Si bien qu'un jour je lui annonçai ma décision d'aller faire ma vie ailleurs et je partis.

– Alors? fit Lacey, captivée.

– La famille cria à l'assassin, bien entendu, prétendant que j'avais voulu fuir mes responsabilités.

– J'entends ça d'ici! dit Lacey, hochant la tête.

– Je leur ai dit d'oublier leurs projets à mon sujet, que j'avais les miens, voilà.

– Vous avez vraiment tout envoyé promener? dit Lacey, un peu sceptique.

– Oui! On m'a proposé une situation dans une chaîne d'hôtels internationale. J'étais chargé d'implanter des établissements dans le monde entier. Une vie intéressante. J'ai vécu à Acapulco, aux Bahamas, en Europe, en Asie.

Lacey laissa échapper un soupir d'envie.

– Ça paraît merveilleux.

– Ça l'était. Rapide, excitant. En somme, tout ce dont vous rêvez! dit-il, un pli amer marquant sa bouche.

– Tout?

– Oui, assura-t-il doucereusement. Y compris les liaisons!

– Holt!

– Vous voilà aussi rose que le saumon dans votre assiette!

– Peu importe, continuez.

Elle repoussa la pensée de Holt entraîné dans une suite d'aventures passionnantes. C'était trop troublant.

– Racontez-moi la suite. Comment êtes-vous revenu ici?

– Je vous conterai une autre fois le chapitre deux de mon histoire.

Il se versa un autre verre de vin blanc.

– Je veux l'entendre maintenant! insista-t-elle.

– On n'a pas toujours ce qu'on veut dans la vie au moment où on le veut, répondit-il, les yeux pétillants de malice. Mangez votre poisson avant qu'il ne refroidisse.

– Vous le faites exprès! Je ne dormirai pas tant que je n'aurai pas entendu la suite.

71

– Parfait! Vous aurez de quoi méditer ce soir quand je vous raccompagnerai.

Sa voix exprimait la satisfaction. Elle lui jeta un regard sous ses paupières mi-closes.

– Un moyen pour que je pense à vous?

– Exactement, rétorqua-t-il imperturbable.

Et il prit sa fourchette, sans paraître relever le moins du monde l'évidente provocation.

5

Dès que Lacey renonça à déployer son charme auprès de Holt pour lui extorquer la fin de son histoire, la conversation reprit très agréablement entre eux. En somme, ils n'avaient qu'à éviter les sujets de friction, se dit Lacey.

Elle était perdue dans ces réflexions quand Holt arrêta son Alfa Roméo gris argent dans le parking privé de l'auberge. Puis il prit avec elle le chemin menant à son bungalow.

– M'invitez-vous à entrer? demanda-t-il doucement.

– Si j'accepte, me raconterez-vous la suite de votre histoire?

– Certainement pas. J'ai tout intérêt à vous laisser sur votre faim!

Ils étaient arrivés devant la porte. Holt prit tranquillement la clef des mains de Lacey et ouvrit. Elle n'eut pas le temps de proférer un son que Holt était dans le salon, occupé à allumer un feu.

Avec un petit sourire forcé, elle se réfugia à la

cuisine, pour préparer du thé. Apparemment, il s'installait pour un moment.

Les accords étranges du flamenco l'accueillirent lorsqu'elle reparut, plateau en main.

– Je vois que vous avez trouvé ma collection de disques!

Elle sourit, s'assit sur le canapé et remplit les tasses d'un thé parfumé.

– Vos goûts en matière de musique sont aussi imprévus que toute votre personne, énonça-t-il d'une voix ironique. Mais ne recommençons pas à parler de sujets trop personnels.

– Pourtant, vous me devez la fin d'une histoire!

Elle disposa soigneusement autour d'elle les plis de sa robe légère d'été. Puis elle ôta ses sandales et replia une jambe. Holt haussa les épaules et leurs yeux se rencontrèrent par-dessus la tasse.

– Allez-vous me rire au nez si je vous dis qu'arrivée au terme de votre recherche, vous serez déçue? dit-il en hésitant.

– Je vous rirai au nez si vous le méritez.

Il posa sa tasse et la dévisagea longuement, un pli amer au coin de la bouche.

– Ce soir, je ne suis pas d'humeur à supporter vos sarcasmes, mademoiselle Seldon.

Elle sourit froidement. Il y avait dans l'atmosphère une tension nouvelle, peut-être menaçante, mais elle ne pouvait résister à l'envie de le provoquer juste un petit peu encore. Pourquoi cet acharnement à le harceler de la sorte? Elle ne se reconnaissait pas elle-même.

– Je suis devenu pour vous une source permanente d'amusement, n'est-ce pas? murmura-t-il pensivement.

– N'est-ce pas précisément votre objectif avoué que de faire le bonheur de vos clients? lança-t-elle d'un ton railleur.

D'un geste décidé, il la débarrassa de sa tasse.

– Voilà, c'est cela: tout pour les clients. Et moi, alors?

Puis, sans crier gare, il l'attira dans ses bras.

Lacey ne se déroba pas. Une petite voix en elle lui disait bien que laisser Holt Randolph l'embrasser n'était probablement pas ce qu'il y avait de mieux à faire en ce moment... Mais n'avait-elle pas abandonné exprès une vie consacrée à respecter les conventions?

Elle sentit les mains de Holt se perdre fiévreusement dans l'épaisseur de ses cheveux, tandis qu'il la renversait sur le canapé et s'allongeait de tout son long sur elle en murmurant :

– Depuis une semaine, je passe mes nuits à revivre cette matinée sur mon bateau.

Sa langue possessive pénétra sauvagement, profondément la chaleur de sa bouche et, tandis que ses lèvres s'ouvraient irrésistiblement, elle gémit doucement.

Emportée sur des vagues de passion, elle répondait de tout son être à la fougue du baiser et, d'un geste indépendant de sa volonté, elle griffa convulsivement les épaules de Holt. Il plongea ses yeux dans ceux de Lacey.

– Je devenais fou à danser avec vous chaque soir, à vous voir chaque matin sans pouvoir vous tenir dans mes bras.

– Et cette réserve?...

Elle ne pouvait s'empêcher de le provoquer, malgré l'incendie qui la ravageait, malgré les frissons que faisait naître en elle la violente passion de l'homme qui la tenait dans ses bras.

– J'avais besoin d'un peu de temps pour penser, répliqua-t-il.

Les doigts de Lacey caressèrent doucement son dos à travers le fin tissu de sa chemise et le corps de Holt se cambra sous la caresse.

– Vous avez fini de penser?

– Presque...

Il mordit brusquement son oreille pour l'empêcher de continuer. Le souffle coupé, Lacey se sentit fondre sous son assaut.

Ses sens la trahissaient, comme l'autre matin sur le bateau. L'univers bascula et elle oublia tout en dehors de l'homme qui éveillait si violemment son désir.

Elle se tordait sous lui, tandis que la main de Holt descendait le long de son corps et que ses doigts glissaient rapidement sur la pointe d'un sein pour une caresse à peine supportable.

Lacey ne put retenir un gémissement auquel il répondit par un murmure de désir.

– Lacey, Lacey, dites que vous avez besoin de moi.

Il ne suppliait pas, il ordonnait d'une voix rauque.

– Accordez-moi au moins cela!

– Holt! je...

Elle n'acheva pas sa phrase, prise d'une sorte d'étourdissement.

– Comment pouvez-vous me faire cela? finit-elle par articuler en s'accrochant à lui.

Il eut un rire profond, satisfait. En même temps, il remonta la robe de Lacey et glissa impérieusement ses jambes entre les siennes. Lacey ferma les yeux, en proie à une délicieuse sensation de vertige.

– Une question que je me suis posée, moi aussi, mais d'un autre point de vue! De quel droit vous autorisez-vous à tout bouleverser, à peine arrivée?

– J'ai vraiment tout bouleversé?

Elle lui jeta à travers ses cils un regard lourd de sensualité.

– Il faut que vous ayez mené une vie bien isolée pour ignorer votre pouvoir.

Il ponctua sa phrase d'un baiser ardent, puis se mit à dégrafer sa robe sans hésitation.

– Oh!

Le cri jaillit faiblement tandis qu'il libérait le dernier bouton, découvrant complètement ses beaux seins ronds.

– J'aime votre sensibilité, chuchota-t-il à son oreille.

76

Ses lèvres parcouraient sa gorge et s'attardaient sur sa poitrine.

– Petits, doux et forts... Vous faites plus que combler mon désir, ma chérie. Vous me damnez. Je meurs d'envie de vous posséder complètement, corps et âme!

Ces mots déclenchèrent l'alerte dans l'esprit de Lacey. Comme sur le bateau, ses défenses s'élevèrent brusquement et son cerveau émergea du brouillard. Elle avait été assez loin, ce soir. Cet homme pouvait être dangereux alors qu'elle se sentait mal assurée pour affronter un risque de cette nature.

Elle tenta de dégager doucement ses jambes pour rompre le contact de leurs corps. Ses mains repoussèrent les épaules de Holt dans une tentative d'échapper à l'emprise infernale qu'il exerçait sur elle.

– Holt! Holt, il vaut mieux arrêter...

Mais sa voix, horriblement faible, ne portait même pas à ses propres oreilles. Et, quand il posa ses doigts sur ses lèvres pour la faire taire, Lacey dut ravaler le reste de sa protestation.

Il ne lui manifestait pas le moindre égard, se dit-elle vaguement. Au contraire, il considérait ses lamentables efforts comme la réaction d'une femme tiraillée entre son désir et sa raison. En réalité il comptait sur l'effet de son pouvoir pour la faire céder.

– Vous avez envie de moi, Lacey, je le sais.

Il fit glisser sa robe jusqu'à la taille. Puis prenant son temps, il la caressa, la contempla, la câlina.

– Dites-le, j'ai besoin de vous l'entendre dire.

Il posa ses lèvres sur sa peau fraîche, parcourut son corps de baisers légers ou ardents. Insensiblement, la robe de Lacey glissa sur ses hanches et dévoila ce qu'elle cachait encore.

Lacey vibrait d'une fièvre étrange et inconnue dont l'écho atteignait Holt dans toutes les fibres de sa peau. Corps contre corps, ils frissonnaient ensemble du même courant de passion qui les électrisait.

– Dites-le-moi, Lacey, implora-t-il une fois de plus.

Les mains de Holt couraient sur les cuisses fuselées de la jeune femme, puis elles s'aventurèrent soudain sous l'élastique de son slip.

Lacey ne résista plus, totalement captivée par le charme qu'il avait créé. N'était-ce pas ce qu'elle cherchait?

– Je vous désire, Holt! Oh! Dieu sait comme je vous désire!

Doucement, il lui demanda:

– Prouvez-le-moi, ma chérie. Prouvez-le-moi.

Les doigts tremblants de Lacey se débattirent avec les boutons de sa chemise. Bientôt, le vêtement tomba par terre et Holt se pressa, nu, contre la poitrine de Lacey.

Quand elle sentit la toison soyeuse effleurer sa peau, elle manqua défaillir. Entremêlant ses jambes à celles de Holt, elle se cambra pour se coller intimement contre l'homme qui la dominait de tout son poids. Les sons étouffés qui s'échappaient de sa gorge résonnaient comme une plainte douce, excitante.

– Je vous en prie, Holt, je vous en prie...

– Dès l'instant où je vous ai vue dans le hall, j'ai rêvé de ce moment où vous me supplieriez.

Holt avait pris possession du corps satiné de Lacey, il en explorait chaque courbe, chaque renflement, chaque secret.

– Savez-vous ce que je ressens quand je vous entends m'appeler, quand je vous sens frémir sous moi, quand je devine votre impatience?

Le rythme frénétique, brûlant, du flamenco semblait guider ses doigts sur la peau nue de Lacey. Elle, incapable de parler, exultait de constater son pouvoir sur lui.

– C'est comme si je capturais un papillon en liberté, dit-il avec une tendresse imprévue. Complice, elle arqua le dos, l'étreignant aussi fort qu'elle le pouvait. Sa tête tomba en arrière dans un soupir de désir tandis que la respiration haletante de Holt accompagnait de son rythme saccadé les mouvements de leur union.

Brusquement, Holt la repoussa fermement, comme s'il avait atteint une limite fixée d'avance; Lacey fut un moment paralysée d'étonnement.

– Assez, papillon, murmura-t-il. C'est assez maintenant.

– Holt?

Les paupières battantes, Lacey le regarda, hébétée, à la lumière vacillante du feu.

Sa bouche avait une expression d'une grande douceur tandis qu'il se redressait et ramassait sa robe.

– Je m'entraîne à conserver cette maîtrise que vous admiriez.

Il lui tendit tranquillement le vêtement.

Ses yeux s'attardèrent sur ses seins encore libres, puis se levèrent à la rencontre de son regard interrogateur, stupéfait.

– Vous partez? Maintenant? Pourquoi?

Serrant convulsivement sa robe contre elle, Lacey ne le quittait pas des yeux. Il n'allait pas la quitter! Pas maintenant, alors qu'il avait allumé le feu en elle, un désir qu'aucun homme n'avait encore éveillé dans son corps.

– C'est mieux ainsi, ma chérie. Trop de questions restent en suspens entre nous et je veux que tout soit clair avant de vous faire mienne complètement. Cette décision, je l'ai prise il y a quelques jours et je veux m'y tenir. Sinon, je ne trouverai pas la paix de l'esprit.

– Je... je ne comprends pas... soupira-t-elle.

En proie à un intolérable sentiment de frustration, elle se sentait complètement abandonnée.

– Je sais... Mais je vous ai observée toute la semaine. Je vous ai écoutée parler de votre future nouvelle vie. Je vous ai vue paresser au bord de la piscine en répondant à des offres d'emploi, sans pour autant interrompre vos relations avec Jeremy. Vous me rendez fou, comprenez-vous ?

Elle se mordit les lèvres, confuse. Mais pourquoi encore et toujours invoquer son avenir ? Il n'était donc pas capable de vivre l'instant présent aussi librement qu'elle ?

– Vous n'avez plus envie de moi ?

– Vous êtes une femme, Lacey. Vous connaissez la réponse.

Les yeux d'argent brillèrent un instant. Il était prêt à se laisser fléchir, pensa Lacey. Mais il se ressaisit très vite.

– Nous sommes d'accord au moins sur un point, Lacey. Ni vous ni moi ne souhaitons une aventure d'une nuit.

Elle se raidit. La réalité retombait sur elle comme un manteau de glace.

– Que voulez-vous, Holt ?

– Voyons plutôt ce que je ne veux pas. Ce que je ne veux pas, c'est me lancer dans une aventure avec une femme qui ne voit en moi que le premier d'une longue liste de conquêtes tout au long de son chemin vers Hawaii !

Ces paroles, prononcées avec une cruauté calculée, éclatèrent comme une bombe. Lacey pâlit, elle le fixa comme si une bête sauvage la menaçait soudain.

– Comment osez-vous ?

Bien qu'elle eût crié, il ne réagit pas autrement qu'en lui adressant un regard énigmatique, auquel elle répondit par une expression meurtrière.

– A vous entendre, je n'ai qu'une idée en tête : me servir de vous et de tous les hommes pris dans mes filets !

– Je me trompe ? dit-il avec un détachement qui décupla la fureur de Lacey. Allez-vous prétendre que ce soir vous n'aviez pas en tête que de partager mon lit ?

Serrant les poings de rage, elle dut reconnaître en

son for intérieur que, prisonnière au creux des bras de Holt, elle n'avait d'autre préoccupation que le plaisir qu'il lui donnait. Abandonnée au flot du désir qui la submergeait, elle ne se posait pas une seconde la question de savoir quel pourrait être leur avenir.

Acculée à répondre, elle fit une grimace.

– Et quand bien même? Vous n'allez pas prétendre, vous, que vous attendiez davantage de moi?

Il eut un geste d'une telle violence qu'elle sursauta.

– Que dites-vous?

La confusion se disputait en elle à la rage.

– Ne prétendez pas, Holt, que vous souhaitiez que les choses aillent plus loin entre nous?

– C'est pourtant la vérité.

Il l'affronta avec un calme inattendu. Lacey n'en revenait pas.

– Mais nous nous connaissons à peine...

Il l'interrompit tout de suite.

– J'ai appris depuis longtemps à savoir ce que je veux, Lacey. Je vous désire, mais je ne tiens nullement à n'être qu'un nom sur votre tableau de chasse. Une aventure avec moi ne saurait se résumer à une rencontre de hasard, à une passade!

– Que voulez-vous donc?

Elle s'appliquait à parler froidement alors que son esprit bouillonnait.

– Un engagement durable.

Pour cacher son émotion, il se passa rapidement la main dans les cheveux, d'un geste exaspéré, puis se dirigea vers le feu qu'il contempla avec mélancolie.

– J'en ai assez de vous voir esquiver le problème dans toutes nos discussions. J'en ai assez de vous regarder détailler tous les hommes qui passent comme si vous estimiez leur capacité de séduction. J'en ai assez de vous observer, au bord de ma piscine, pendant que vous répondez gaiement à des propositions de situations à l'autre bout de la planète!

Fascinée par le dur profil de Holt, qui se détachait à la lumière du feu, elle éprouva une vague crainte, un malaise. Selon lui, elle n'était qu'une femme superficielle, sans cœur. Une écervelée, cruelle et égoïste, comme son ex-fiancée. Impuissante, elle soupira.

– Vous ne comprenez pas.

– Vous ne savez pas dire autre chose. Mais ce n'est pas vrai.

Les mots étaient exprimés avec tendresse et une pointe d'indulgence qui réveilla en Lacey un peu de l'irritation qu'il avait le don de provoquer chez elle. C'était le Holt pompeux, qui lui rappelait tant son passé détesté.

– Figurez-vous, rétorqua-t-elle résolument, que, si vous compreniez réellement ce que je tente de faire de ma vie, vous ne seriez pas en train d'insinuer de telles horreurs sur mon compte. Maintenant, écoutez-moi, Holt Randolph. C'est vous qui m'avez invitée à dîner. Si ma compagnie vous déplaît, vous n'avez qu'à partir!

Il se retourna vers elle, offrant à la lumière du feu les muscles dorés de ses épaules nues. Elle perdit un peu de son assurance tant il paraissait imposant dans cette petite pièce.

– J'essaie de vous expliquer, Lacey, que nous ne sommes pas faits pour une aventure facile et éphémère. Avec moi, ce sera totalement et pour la vie. Pensez-y!

Elle le fixa, interloquée, suffoquée par son audace.

– Ne faites pas cette tête.

Il lui prit les mains et inclina son visage vers ses paumes brûlantes.

– J'y ai pensé toute la semaine, je crois que le dénouement est proche. Mais vous avez besoin d'un peu de temps encore pour remettre vos idées en place. Vous vous lasserez vite de jouer les papillons.

Il faudra bientôt que vous réfléchissiez sérieusement à votre destin.

– Pourquoi, espèce de prétentieux égoïste, croyez-vous que je vais réviser mes projets pour vous faire plaisir?

Le sourire de Holt était teinté d'ironie quand il se pencha pour effleurer légèrement les lèvres de Lacey.

– Parce que ce que je vous propose vous apportera tellement plus de satisfaction! Tout à l'heure, vous n'avez pas pu dissimuler vos réactions. Vous me désirez autant que je vous désire. Mais je veux que notre liaison soit franche et nette. Je ne tiens pas à ce que vous me laissiez tomber à la première occasion, pour un job aux îles Hawaii ou pour un caprice d'enfant gâtée.

– Bonne nuit, Holt.

Les yeux de Lacey brillaient d'un éclat vert.

– Je vous remercie pour cette très amusante soirée. Je m'en souviendrai, à l'occasion, à Hawaii ou ailleurs! Veuillez me laisser.

Sans répliquer, il sortit tranquillement, sous le regard incrédule et encore furieux de Lacey, en proie à une série de sentiments contradictoires. Pour qui se prenait-il? Il n'imaginait quand même pas qu'elle renoncerait à la nouvelle vie dont elle espérait tant pour adopter une existence rangée auprès du propriétaire de l'auberge Randolph! Et d'abord, qu'est-ce qui lui faisait croire qu'elle souhaitait une liaison avec lui?

Son regard tomba sur le canapé qui portait distinctement la marque de leurs deux corps encore imprimée dans ses plis.

Folle qu'elle était, elle avait déjà donné la réponse à cette question! Si elle avait su se contrôler...

Il peut arriver à tout le monde de perdre la tête, se dit-elle amèrement. Il ne faut pas en tirer de conclusion. Oui, mais cette fois, c'était une sensation nouvelle, inouïe, dut-elle reconnaître dans un éclair de lucidité. Pourquoi fallait-il que ce magicien s'appelle Holt Randolph? Et non Jeremy Todd, par exemple, ou n'importe quel client de l'auberge?

Elle serra les dents et se prépara à aller se coucher. Une bonne nuit de sommeil lui remettrait certainement les idées en place.

Une heure plus tard, elle ne dormait toujours pas. Elle suivait mélancoliquement les ombres qui jouaient sur le plafond en essayant de fixer son esprit sur les propositions de situations qu'elle avait reçues, lorsqu'un bruit attira son attention. On lançait des petits cailloux contre sa vitre!

Lacey se glissa aussitôt avec précaution hors de son lit. Sa longue chemise de nuit vert foncé qui flottait jusqu'à ses chevilles, lui donnait une allure légère. Elle rasa le mur et se cacha derrière le rideau qu'elle écarta à peine.

– Jeremy!

Avec un rire mêlé de déception et de soulagement, Lacey ouvrit la fenêtre et aperçut son ami debout, vêtu de son jean et d'une veste de cuir.

– Hou hou! dit-il tout bas.

– Que faites-vous là?

– Je suis venu vous demander si vous n'avez pas envie de piquer une tête dans la piscine?

Il montra la serviette de bain autour de son cou.

– Jeremy, vous avez bu!

– Que vouliez-vous que je fasse d'autre en attendant que votre rendez-vous avec Holt Randolph prenne fin?

– Et cette femme blonde de Portland?

– Fini! Son mari débarque demain. Bon, répondez-moi avant que nous soyons transformés en blocs de glace. L'eau de la piscine sera une bénédiction.

– Il est indiqué sur la porte que le bain est interdit après dix heures du soir pour ne pas troubler le sommeil des pensionnaires.

Un coup d'œil sur le réveil près de son lit lui apprit qu'il était près de deux heures du matin.

– Personne ne le saura. Venez, Lacey. Nous aurons la piscine pour nous tout seuls. C'est grisant!

Elle hésita. Au fond, pourquoi pas? L'idée ne manquait pas de fantaisie. Sans compter que nager la détendrait et qu'elle pourrait peut-être enfin s'endormir.

– Un instant, je m'habille.

Quelques moments plus tard, ils pénétraient silencieusement dans le bâtiment obscur avec le sentiment ridicule de vivre une aventure.

– Serons-nous fusillés à l'aube si nous sommes pris en flagrant délit? plaisanta Lacey, ôtant le jean qu'elle avait enfilé par-dessus son maillot.

– Tirer sur un hôte payant! Vous n'y pensez pas! De plus, si la piscine est interdite à cette heure, c'est surtout pour éviter que des gens éméchés ne tombent à l'eau ou ne réveillent les autres locataires.

– Il faut reconnaître que vous avez eu là une idée merveilleuse, Jeremy.

Elle soupirait d'aise en faisant mollement la planche.

Il avait raison, l'eau était délicieusement tiède.

– Merci, mais je voulais surtout provoquer une scène précise pour le prochain chapitre de mon roman. Avec quelques nuances, bien entendu.

– Quelles nuances?

Lacey ferma les yeux et se laissa dériver sans s'apercevoir que Jeremy se rapprochait d'elle.

– Eh bien! j'ai l'intention d'introduire un peu de sensualité...

Lacey ouvrit les yeux au moment où il lui appliquait sur la bouche un baiser plein d'espoir et d'entrain.

A peine eut-elle le temps de noter combien l'art de Jeremy était loin de valoir celui de Holt en cette matière que les lumières s'allumèrent d'un seul coup, éclairant violemment la piscine.

– Que diable...

Jeremy se détacha brusquement d'elle, tandis que

Lacey prenait pied dans l'eau peu profonde. Ils se retournèrent tous deux pour apercevoir une haute silhouette, bras croisés sur la poitrine, dans l'embrasure de la porte.

– Oh! c'est vous, Randolph. Vous nous avez fait une de ces peurs!

– Désolé de jouer les trouble-fête, déclara Holt d'une voix neutre, mais le règlement s'applique à tous, je le crains.

Il était fou de rage, estima Lacey. L'écho de sa colère parvenait jusqu'à elle. Fou de rage. Il se retenait visiblement pour ne pas l'empoigner de force hors de l'eau. Sous son regard métallique, elle se sentit très nue et vulnérable.

Jeremy haussa les épaules avec philosophie.

– Venez, Lacey. Les meilleures choses ont une fin.

Avec un effort pour détacher ses yeux du regard de Holt qui la clouait sur place, Lacey suivit Jeremy, grimpa les marches d'un bond, attrapa sa serviette qu'elle jeta sur ses épaules et ôta son bonnet de bain, laissant ses cheveux flotter librement.

– Nous partons, Holt.

Jeremy lui adressa un sourire aimable et se frotta énergiquement.

– *Vous* partez. Je raccompagne Lacey jusque chez elle.

Elle lui jeta un regard angoissé.

– Ce n'est pas la peine, c'est tout près et je...

Elle s'arrêta net devant l'expression de son regard. Il ne se donna pas la peine de répondre, en proie à une impatience mal dissimulée le temps qu'ils ramassent leurs vêtements.

– Voilà un retour plutôt lugubre, soupira Jeremy, je vous verrai demain, Lacey.

Dès qu'ils furent sortis du bâtiment, Jeremy s'éloigna rapidement.

– Je connais le chemin, Holt, vous n'avez pas besoin de me raccompagner.

Elle bifurqua sans attendre de réponse.

Holt l'empoigna si brutalement qu'elle serra convulsivement sa serviette autour d'elle. Le froid de la nuit commençait à la transpercer. Holt la prit par la main.

– Je sais que vous n'êtes pas disposée à recevoir des conseils ces jours-ci. Mais, si vous n'écoutez pas celui-ci, c'est à vos risques et périls : ne dites plus un mot jusqu'au bungalow, ou je ne réponds plus de moi. D'accord?

Le désir qu'elle avait de se justifier et de reprendre la situation en main fut plus fort que l'interdiction de Holt.

– Holt, écoutez-moi! Je suis désolée d'avoir enfreint ce stupide règlement de la piscine, mais il n'y avait aucun mal à cela et je...

– Aucun mal!

Il s'arrêta net. L'expression de ses yeux n'était pas loin de terrifier Lacey. Dans la clarté de la lune, il avait l'air d'un géant.

– Aucun mal! Bon sang! De quel bois êtes-vous faite? Il y a à peine une heure, vous étiez dans mes bras, à me supplier de vous aimer! Et, sans transition, je vous surprends en train de séduire un autre homme dans ma propre piscine! Vous mériteriez que je vous torde le cou!

Elle chancela tandis que les doigts de Holt s'enfonçaient dans ses épaules nues.

– Holt, je vous en prie, vous ne comprenez pas...

La panique la saisit devant la colère de Holt. Elle était impuissante à éteindre ce feu dévorant qui ne cessait de croître.

– Vous vous répétez! Cela dit, je commence à croire que vous aviez raison. Pourquoi ne l'ai-je admis plus tôt! J'ai pensé que j'avais tout le temps de vous raisonner, mais vous m'avez convaincu du contraire. Vous voulez une aventure, Lacey Seldon. Très bien, vous l'aurez! Avec moi, et ce soir même!

La conscience d'un danger imminent déclencha

chez Lacey un réflexe immédiat. Elle se mit à courir pour lui échapper, mais il la rattrapa, la souleva dans ses bras comme une poupée et se dirigea à grandes enjambées vers la vieille maison d'été, de style victorien, contiguë au bâtiment principal.

6

Fermement maintenue contre la poitrine virile de Holt, la première réaction de Lacey fut le soulagement. La chaleur de son corps dissipait peu à peu la morsure du froid sur sa peau nue. Instinctivement, elle voulut se blottir plus près encore, mais la voix de la raison lui lança un avertissement et, pour une fois, Lacey l'écouta. Elle tenta même de se défendre :

— Holt! vous ne pouvez pas faire cela!

— Il n'y a pas si longtemps, vous me suppliiez de le faire, justement!

— C'est vous qui avez refusé! Vous ne pouvez pas changer d'idée à tout bout de champ!

La colère l'envahissait peu à peu.

— Et pourquoi pas? répondit-il avec quelque cynisme.

Il enjamba les marches qui conduisaient à l'entrée et ouvrit la porte sans pour autant lâcher sa prisonnière.

— Parce que... parce que toutes les raisons que vous invoquiez il y a une heure sont toujours valables.

Holt la poussa à l'intérieur comme s'il n'entendait rien de ses protestations.

Dans un éclair Lacey nota les meubles de jardin blancs, en osier, ainsi que les plantes vertes suspendues dans la véranda. Mais elle n'eut guère le temps de s'attarder sur le cadre... Un bras ferme l'entraînait à travers une autre galerie, puis à l'intérieur de la maison.

— Tiens! Maintenant vous écoutez quand on vous parle le langage de la sagesse! Tant pis, il est trop tard pour se montrer raisonnable, Lacey. Vous avez fini par me convaincre. Puisque vous êtes décidée à goûter les plaisirs de la vie, je vais vous y aider. Après tout, pourquoi Jeremy, et pas moi?

— Je ne faisais rien avec Jeremy, vous vous trompez!

Elle sentait bien que toutes ses justifications ne serviraient à rien, s'il en avait décidé autrement. Sous l'éclairage du lampadaire, les yeux de Holt brillaient d'un éclat métallique et le pli de sa bouche trahissait sa tension intérieure. Lacey trembla de tous ses membres, et ce n'était pas de froid.

— Venez, dit-il brutalement. Je ne tiens pas à ce que vous attrapiez un rhume le premier jour de notre grande aventure!

Un bras autour de ses épaules, il la mena à travers un salon qui, en temps ordinaire, aurait enchanté Lacey. Mais, en proie à la menace du moment, elle n'eut que la vision fugitive d'une jolie pièce, très masculine, qui aurait aussi bien pu convenir à un capitaine de navire du siècle dernier.

Un magnifique tapis d'Orient était jeté sur le parquet ciré. Elle remarqua un coffre marin ancien avec des garnitures de cuivre, un mobilier confortable de bois et de cuir et une foule d'objets exotiques disséminés çà et là : une coupe en argent merveilleusement ciselée d'origine probablement mexicaine, une tapisserie murale figurant un décor des

Caraïbes, un paravent gigantesque décoré de motifs orientaux.

Il la poussa enfin dans une immense salle de bains ultramoderne.

– Holt, arrêtons là. Je ne vois pas pourquoi vous vous mettez dans des états pareils. De toute façon, je n'ai pas l'intention de vous laisser passer votre colère sur moi!

Il attrapa une serviette rayée et la lui lança.

– Tenez, enveloppez vos cheveux et donnez-moi tout ça. Il s'empara des vêtements qu'elle serrait encore contre elle comme une bouée de sauvetage.

– Que... comptez-vous faire? demanda-t-elle d'une toute petite voix.

– Vous offrir une douche chaude, bien sûr!

Il tira le rideau qu'il attacha sur le côté de la cabine.

– Vous gelez et je n'ai nulle envie de trouver dans mon lit un morceau de glace!

Lacey le fixa un instant. Puis elle décida que d'abord la douche la réchaufferait et ensuite que, pendant ce temps, Holt se calmerait peut-être. Il lui avait toujours fait l'effet d'un homme parfaitement maître de ses émotions.

Sans plus discuter, elle noua la serviette autour de ses cheveux et, toujours en maillot, se plaça sous le jet. L'eau chaude lui procura une sensation merveilleuse.

Si Holt fut surpris de sa docilité soudaine, il n'en montra rien. Résolument, Lacey ferma le rideau. Elle perçut encore un moment la présence de Holt dans la salle de bains, puis entendit la porte claquer derrière lui.

Et maintenant? se demanda-t-elle lugubrement. Combien de temps lui faudrait-il pour retrouver un comportement civilisé? A peine s'était-elle formulé cette question qu'une pensée folle lui traversa l'esprit. Au vrai, souhaitait-elle qu'il se reprenne?

Les souvenirs de la soirée se bousculaient dans sa

tête : l'expression de Holt quand il la regardait pendant le dîner, la chaleur de son corps lorsqu'il l'avait prise dans ses bras, la promesse d'une nuit d'amour...

Une promesse non tenue. Pourquoi? Parce qu'il voulait une femme soumise à sa volonté, et non une créature volage, sautant d'une aventure à l'autre!

Ils n'étaient pas faits l'un pour l'autre, voilà tout, supposa-t-elle sans y croire. Leur vie prenait une direction opposée. Ils pouvaient envisager une liaison superficielle, tout au plus. Rien d'autre.

Mais pourquoi une nuit seulement? Elle restait tout l'été. A supposer, bien entendu, que Holt accepte le contrat. Or, pas plus tard que ce soir, il avait laissé entendre que ce type de rapports, bien établis d'avance, prévus pour finir à une date fixe, ne lui convenait pas. Un engagement durable, c'était son dernier mot!

La porte de la salle de bains s'ouvrit.

— Avez-vous l'intention de rester là-dessous encore longtemps? demanda Holt nonchalamment.

Un je-ne-sais-quoi dans la voix de Holt ramena brutalement Lacey à la réalité. Il ne semblait plus furieux comme tout à l'heure, mais ce n'était pas le Holt calme et réservé qu'elle attendait. L'émotion contenue qu'il témoignait suffit à rallumer en elle le désir qu'elle tentait de dominer et, au plus profond d'elle-même, une sorte d'appréhension se fit jour.

— Je... je sors dans quelques minutes.

Elle était cruellement consciente du malaise qui la gagnait.

La pensée de vivre une passion tout l'été avec cet homme fit soudain place à une prudence nouvelle.

— Ne vous pressez pas.

Il écarta brusquement le rideau et jetant sur son corps nu un regard intense :

— Je vous rejoins!

— Non!

Lacey esquissa un geste instinctif de défense. Il

92

avait ôté sa chemise et commençait à défaire la boucle de sa ceinture.

– Je sors, Holt...

Trop tard. Entièrement nu, il avait pénétré dans la douche. La vue de ce corps lisse et bronzé, puissant, éveilla chez Lacey un flot de sensualité.

– Qu'y a-t-il, papillon?

Il l'attira doucement à lui.

– Laissez-moi vous aider à inaugurer votre nouveau mode de vie.

Il lui releva le menton, puis, lentement se pencha vers elle. Lacey serra les poings et ses yeux se fermèrent devant l'inéluctable, tandis que toutes ses belles résolutions fondaient l'une après l'autre.

Elle se tenait immobile, goûtant la légère caresse des lèvres de Holt sur ses yeux mi-clos, puis sur sa peau mouillée.

– Vous verrez comme c'est facile. Et comme c'est bon...

Sa main glissa sur son dos jusqu'à ses reins.

– Le tout est d'oublier les lendemains, d'oublier votre avenir. Cueillez l'instant présent et sachez l'apprécier pour ce qu'il vous offre. Mais je prêche une convaincue, n'est-ce pas?

– Holt, je vous en prie... Vous savez bien que je refuse les jeux d'une nuit...

Elle n'acheva pas... Holt la serrait à lui couper le souffle. Sa cuisse se pressait contre la sienne avec insistance.

– Qui parle d'une nuit? Nous avons tout l'été! C'est ce qu'il vous faut pour satisfaire votre conscience de fille sérieuse?

Il a raison, se répétait-elle. Mais pourquoi cette nuance de raillerie dans sa voix. Elle sentit les lèvres de Holt mordiller doucement le lobe de son oreille, et tressaillit sous la chaleur de sa langue. Une chaleur plus forte que l'eau qui coulait sur son corps.

– C'est votre faute si nous brusquons les choses ce soir, ma belle écervelée. Mais de quoi vous plaignez-vous? Vos souhaits vont être comblés! Décisions instantanées, satisfactions instantanées. Je vous ai dit que je ne manque pas d'expérience sur la question. Allons, détendez-vous. Je me ferai un plaisir de vous montrer comment...

— Mais vous trichez! protesta-t-elle. Vous n'êtes pas d'accord, en réalité!

Il dégrafa le haut de son maillot. Elle blottit son visage contre son épaule et le laissa faire.

— J'approuve de tout cœur certains aspects de votre personne. Pour ça, vous pouvez être tranquille!

Lentement il roula le maillot jusqu'à la taille de Lacey, qui enfonça doucement les ongles dans sa chair. Le contact des mains de Holt sur sa peau et de son corps contre le sien l'affolait. Elle avait toujours rêvé de pouvoir un jour donner libre cours à son désir et à sa passion, et voilà que ce jour était arrivé. Il aurait fallu être folle pour rater l'occasion!

— Holt, m'aimez-vous... un peu?

A peine avait-elle laissé échapper ces mots qu'elle se mordit les lèvres. Non! Elle ne voulait pas dire cela!

Elle le sentit se crisper, puis ses mains vigoureuses encerclèrent fortement sa taille. Il relâcha aussitôt son étreinte et répondit presque méchamment :

— Vous aimer? Quelle question! Vous croyez parler à l'un de vos soupirants du Midwest, je suppose? Ma réponse, la voici : je vous désire.

Oh! après tout je m'en contenterai, se dit-elle courageusement. De toute façon, que peut-on attendre d'une affaire si mal commencée? Désir et besoin. C'est ce que la vie lui avait enseigné. Dans la bouche d'hommes comme Roger Wesley ou le professeur de psychologie, le mot amour n'avait aucun sens. Alors?

Elle soupira doucement et noua ses bras autour de la nuque de Holt, cherchant la caresse de sa toison rousse contre sa poitrine. D'un geste rapide, il fit glisser le maillot sur ses hanches. Quand Lacey se trouva nue, Holt eut un gémissement rauque et colla son corps contre le sien avec une satisfaction sauvage.

Lacey cessa de réfléchir. Avant tout, profiter de l'occasion qui s'offrait. A nouvelle vie, nouvelle femme! Ses doigts fébriles palpaient les muscles de Holt avec une sensualité qui lui procurait un plaisir profond. Elle découvrait, émerveillée, qu'elle détenait le pouvoir de le séduire, pensée qui multiplia aussitôt son excitation et son audace, à un degré qu'elle n'aurait jamais soupçonné atteindre.

— Quel idiot j'ai été de n'avoir rien deviné tout à l'heure, murmura Holt d'une voix rauque.

Il plaqua ses hanches contre les siennes de sorte qu'elle ne pouvait rien ignorer de la force de son désir.

— Vous vouliez connaître le plaisir avec un homme. Pourquoi hésitiez-vous à m'accepter?

Elle supposa vaguement qu'il tentait peut-être de se justifier d'avance, puis chassa cette idée. Son désir était aussi lancinant que le sien. Tous deux, maintenant, se sentaient emportés par la même impulsion.

Lorsque les doigts de Holt glissèrent vers ses seins, Lacey gémit doucement. Elle inclina la tête contre son épaule dans un geste de tendre capitulation qui émut visiblement Holt. Emerveillé, il chuchota :

— Ces types de l'Iowa ne sont que de parfaits crétins pour vous avoir laissée échapper. Comment peut-on résister à cette générosité qui est en vous?

Lacey n'osa pas lui avouer que jamais un homme n'avait éveillé chez elle de telles sensations. Elle se contenta d'embrasser fougueusement le creux de son cou.

La respiration accélérée de Holt lui apprit qu'il était au comble de l'excitation. Irrésistible, elle amorça un léger mouvement de ses hanches contre son ventre.

– Bon sang! Il y a de quoi rendre un homme fou!

Des deux mains plaquées sur ses reins, il l'arrêta tandis qu'elle rejetait la tête en arrière, offrant à Holt son visage, sa bouche qu'il prit avec passion.

Leur baiser se prolongea longtemps, puis Lacey ouvrit les yeux et croisa un regard brûlant qui la transperça. Sans un mot, il la fit sortir de la douche et l'enveloppa d'un drap de bain. Il sécha lui-même son corps avec des gestes lents, attentifs, qui la mirent au bord des larmes.

– A votre tour, murmura-t-il en lui tendant une serviette.

Tremblante, elle commença à le frictionner, d'abord vivement, puis de plus en plus doucement. A genoux, elle épongea ses cuisses, ses jambes, se retenant pour ne pas les couvrir de baisers. Enfin elle se redressa et Holt la prit dans ses bras pour la porter vers la chambre, près d'un grand lit à colonnes dont il arracha la couverture.

Il l'allongea sur les draps et s'écarta un peu de façon à la contempler tout entière. Puis il murmura :

– Soyez à moi, ma petite folle. Je vous donnerai ce que vous cherchez. Je vous désire si désespérément, ce soir...

– Oui, dit-elle dans un souffle. Moi aussi, je vous désire. Oh! Holt! même dans mes rêves, je n'aurais jamais imaginé...

Il s'allongea près d'elle et, sans un mot, se pressa contre son corps pour en sentir profondément la chaude intimité. Lacey avait l'impression de se noyer dans un tourbillon de sensualité. Le contact de Holt l'électrisait littéralement.

– Vous êtes magnifique, Lacey...

Délicatement, il posa sa main sur la cuisse de la jeune femme et caressa la peau satinée. Plus son geste s'élargissait, plus elle se tendait. Lorsqu'elle poussa un gémissement, l'ardeur de Holt parut décupler.

Il lui répondit par une succession de baisers toujours plus audacieux, qui la convulsèrent, au point qu'elle finit par demander grâce. Impitoyables, les lèvres de Holt se refermèrent sur son sein. Elle cria sourdement et, d'un sursaut, se redressa pour le dominer à son tour. Ses cheveux se répandirent sur la poitrine de Holt, qui l'enveloppa dans un élan passionné. Prisonnière de ses bras, mais non soumise, elle s'appliqua, par des frôlements, des attouchements d'une habileté diabolique, à le rendre fou d'exaltation. Ses mains jouaient sur le corps de Holt, sa bouche en découvrait les endroits les plus sensibles et les plus secrets. Il en perdait le souffle et articula avec difficulté :

— Nous étions destinés à nous rencontrer, ma chérie!

— Oui, acquiesça-t-elle, émerveillée. Oui, ce que je voulais...

— Je vous le donnerai. Et nous atteindrons ensemble la perfection...

Ses mots contenaient une promesse si véhémente que, incapables de supporter plus longtemps l'attente, ils roulèrent l'un sur l'autre, prêts à l'ultime extase.

Avec lenteur, avec précision, Holt s'attacha à exciter encore son impatience. Il eut même le courage de se détacher d'elle quelques secondes, le temps qu'elle éprouve la torture du désir inassouvi.

D'une voix bouleversée, elle gémit :

— Holt, je n'en peux plus. Prenez-moi maintenant, je veux aller au bout, connaître tout de vous.

— Oui, je vais vous posséder. Nous ferons le voyage ensemble...

La jambe de Holt entre ses cuisses obligea Lacey à s'offrir sans réserve. Très vite il trouva sa place. Une tempête les agitait, un tourbillon de sensualité les emportait tous deux. Il prit le temps de contempler une seconde son visage, prolongeant au-delà des limites le moment de l'extase, et, enfin, leurs deux corps se soudèrent. A cet instant, Lacey eut la certitude que sa quête était comblée.

Dans un vertige inouï, elle atteignit les sommets avec une intensité qui lui arracha un sanglot. En même temps, Holt poussa un cri rauque et enfouit son visage dans la chevelure parfumée de Lacey.

Un moment ils restèrent immobiles, le souffle coupé, étendus dans la chaleur humide de leurs corps mêlés. Enfin, leur respiration retrouva doucement un rythme plus calme, tandis qu'ils goûtaient profondément les échos de leur bonheur.

En silence ils se regardèrent, puis Holt dit simplement :

– Avez-vous trouvé ce que vous cherchiez?

– Oh Holt! vous connaissez la réponse.

Elle plongea sa main dans ses cheveux ébouriffés.

– Seulement en rêve, j'avais imaginé quelque chose d'approchant...

Une lueur de mâle satisfaction brilla dans les yeux de Holt.

– Vous allez être étonnée, mais moi aussi j'ai passé des années à courir après ce que j'étais destiné à découvrir chez moi.

– Vous avez de la chance. Moi j'ai passé des années à chercher chez moi ce que j'ai finalement trouvé ici.

– Un point partout.

Il sourit et se pencha pour déposer un baiser rapide, léger, sur son nez.

– Il était écrit que chez vous, c'est ici et non là-bas.

Elle renversa la tête sur l'oreiller, le regard taquin.

– Vous n'êtes plus pressé de m'expédier hors de ces murs?

– Je ne l'ai jamais été. Je voulais seulement

m'assurer que vous feriez halte ici. Voilà qui est résolu!

– J'ai tout l'été pour continuer mes recherches...

Un soupir voluptueux s'échappa de ses lèvres mais elle s'interrompit, le sentant soudain terriblement tendu.

– Qu'avez-vous, Holt?

– Que signifie le reste de l'été?

Sa voix s'était terriblement durcie.

Elle battit des paupières, déconcertée par ce brusque changement d'humeur. Un frisson glacé courut le long de son dos.

– Vous avez dit... commença-t-elle, embarrassée. Vous avez dit que ni l'un ni l'autre ne voulions une aventure d'une nuit.

– Ah oui! J'ai dit aussi que je ne vous servirai pas de cobaye, Lacey. Que votre définition de la vie ne m'intéressait pas.

La colère la gagnait peu à peu tandis qu'elle soupesait ses paroles.

– Vous m'avez séduite cette nuit dans l'espoir que j'oublierai mes projets d'avenir, c'est bien ça?

– Cette nuit n'était absolument pas préméditée, jusqu'au moment où je vous ai surprise dans la piscine avec Todd. C'est votre conduite qui m'a amené à brusquer les choses. Vous interprétez tout à votre façon!

– Et vous? cria-t-elle, comment osez-vous croire que vous me ferez céder? Comme vous n'arriviez pas à me convaincre par vos arguments, vous avez choisi de me séduire!

– Lacey, vous dites n'importe quoi! Calmez-vous et écoutez-moi. Nous ne pouvons plus poursuivre notre chemin chacun de notre côté. Comprenez-vous? Impossible après ce qui s'est passé entre nous. Vous n'imaginez pas sincèrement qu'ayant connu un si grand plaisir tout l'été, vous pourrez ensuite quitter allégrement l'île pour Hawaii ou Los Angeles!

– Pourquoi pas?

Son implacable logique la mettait hors d'elle.

— Qu'est-ce qui vous fait croire que vous pouvez bouleverser ma vie parce que vous m'attirez dans votre lit? J'ai joué franc jeu avec vous. Une liaison d'été, voilà ce que je veux.

Elle ne se maîtrisait plus, en proie à la colère et à la peur devant le piège qui se refermait sur elle. Non, elle ne renoncerait pas à ses projets.

Il caressa tendrement ses cheveux, un sourire aux lèvres, pour tenter de la calmer.

— Silence, Lacey! Ecoutez-moi. Je sais que les choses ne se sont pas déroulées selon nos plans à tous deux, mais ça ne signifie pas que...

— Vous n'allez pas m'amener, même par la douceur, à me plier à votre volonté, Holt Randolph. Jusqu'ici tout le monde a tenté de le faire. C'est bien fini. Dorénavant, c'est moi qui décide.

— Tout prendre, ne rien donner, voilà donc votre devise! Vous acceptez volontiers des témoignages de passion, mais vous ne proposez aucun engagement loyal...

— Ce n'est pas vrai!

Bouleversée par la tension qui grandissait entre eux, elle était à court d'arguments.

Pas cela! Non, pas après ce qu'ils venaient de vivre ensemble.

Pourquoi fallait-il qu'il gâche tout?

— C'est pourtant la réalité. Je vous répète, Lacey, que vous ne pouvez pas toujours n'en faire qu'à votre tête! Si vous n'êtes pas disposée à accepter un engagement durable, si vous n'entendez que vos propres exigences et jamais celles d'autrui, ne comptez pas sur moi pour vous servir de sujet d'expérience!

Il se dégagea si brusquement qu'il l'envoya rouler à l'autre bout du lit, puis il tourna la tête pour contempler son corps nu sur les draps.

— C'est très simple. Je préfère qu'on m'utilise une nuit qu'un été entier! Entre deux maux...

– Vous disiez... vous disiez que justement vous ne vouliez pas d'une nuit?

Elle se redressa, les jambes repliées sous elle, et remonta les draps jusqu'au menton, prise d'une soudaine appréhension.

– J'ai dit que je ne voulais pas, non que je ne le *ferais* pas.

– Je sais, votre expérience en la matière est grande! Elle vous permet de dominer la situation.

Il haussa les épaules avec une parfaite insouciance.

– Je préfère régler le problème immédiatement plutôt que dans deux mois! Je ne veux pas être un jouet entre vos mains, Lacey!

– Vous ne comprenez pas...

– Vous n'avez que cette phrase à la bouche! Si vous la prononcez une fois de plus, je ne réponds plus de moi!

– Ne me menacez pas!

– Ce n'est pas une menace mais une promesse. Habillez-vous, je vous raccompagne chez vous.

Il se leva et se dirigea vers la pièce d'à côté, ramassant au passage le jean et le chemisier de Lacey, qu'il lui lança brutalement par-dessus le lit.

Elle contempla ses vêtements chiffonnés d'un air vague, comme si elle ne les reconnaissait pas. Puis, la voix de Holt parvint jusqu'à elle:

– Je suis curieux de vous observer dans cette situation nouvelle. Prenez-la comme une bonne expérience, qui vous servira une quantité de fois, j'en suis sûr. Attendez-vous à ce genre de dénouement dans vos futures affaires de cœur. Vous n'avez là, ma chérie, qu'un avant-goût de ce qui vous attend au cours de votre nouvelle vie!

7

C'est un sentiment de frustration mêlé d'inquiétude et de colère qui fit sortir Lacey de son lit à une heure extrêmement matinale. La nuit avait pourtant été bien courte. Mais comment trouver le sommeil quand on a l'esprit en ébullition? se dit-elle lugubrement. Rejetant ses couvertures, elle se dirigea vers la salle de bains.

Elle avait été complètement folle de laisser faire Holt. Où était passé son brave et solide bon sens du Midwest? Il lui manquait juste quand elle en aurait eu le plus grand besoin.

Inutile de se leurrer : Holt ne l'avait pas prise de force. Bien sûr, il avait été fou de rage en la surprenant avec Jeremy dans la piscine. Mais, jamais, malgré ses menaces, il ne l'aurait possédée contre son gré, Lacey le savait. Au souvenir de son propre désir, elle se fit une grimace dans la glace.

Non, elle ne pouvait rejeter toute la responsabilité sur Holt. On ne pouvait même pas lui reprocher d'avoir voulu mener l'affaire à sa manière. Mais quel homme accepterait sans sourciller que l'initiative de la rupture ne vienne pas de lui?

A regarder les choses en face, pensa amèrement Lacey, tandis qu'elle enfilait son jean et une blouse ample et souple, le danger ne venait pas à proprement parler de Holt. C'était beaucoup plus grave, plus profond, d'où sa contrariété. D'ailleurs, elle se refusait à y penser.

Morose, elle s'activa dans la petite cuisine pour faire du café en s'efforçant d'examiner tous les aspects de la situation. Après cette nuit terrible, elle se réveillait plus faible, avec le sentiment d'être prise au piège.

C'était ridicule, absurde. Elle était le jouet de son imagination. Assise à la petite table sous la fenêtre, elle essayait de se persuader elle-même et contemplait fixement le café dans sa tasse, sans y toucher.

Même du temps de son mariage, elle n'avait jamais éprouvé cette impression de totale dépendance à un homme. Avec Roger, sa loyauté reposait en grande partie sur le sens du devoir et, du moins au début, sur une affection sincère. Une affection qui avait rapidement décliné quand elle avait mesuré le rôle exact qu'elle jouait dans la vie de son mari. Ses scrupules avaient persisté jusqu'au divorce. S'il lui avait été alors relativement facile de se comporter sagement, c'est tout simplement que le chemin de la tentation n'était pas très encombré en Iowa!

Mais ce sentiment inexplicable, étouffant, d'être enchaînée, ne ressemblait en rien ni à un devoir ni à une obligation, éléments totalement absents de ses rapports avec Holt. Et pourtant, une seule nuit près de lui avait suffi pour qu'elle se réveille transformée en esclave!

La violence de ce qu'elle avait ressenti y était sûrement pour quelque chose. Elle avala son café et porta la tasse dans l'évier. Là n'était pas la véritable explication. On pouvait concevoir une passion qui vous fasse désirer un homme, mais pas qui vous donne l'impression de lui appartenir. Or c'était bien le cas...

Lacey contempla par la fenêtre la vue sur Puget Sound et les autres îles disséminées dans le lointain. Un long moment, l'avenir éblouissant dont elle avait tant rêvé miroita à ses yeux. Comment songer à y renoncer en échange d'une aventure passagère avec un homme qui n'acceptait rien de ce qu'elle cherchait?

Lacey fit la moue. Le simple fait de se poser la question la troublait. Elle n'avait quand même pas fait tout ce chemin pour se soumettre à un homme. Et puis, en supposant qu'elle reste un certain temps sur cette île, quelle différence avec la petite vie provinciale qu'elle connaissait? Ce serait tomber de Charybde en Scylla!

Non, l'île n'était qu'une étape sur le chemin de son nouveau destin. Une nuit d'amour, fût-ce avec Holt, n'y changerait rien.

Holt avait raison, décida Lacey. Une femme doit s'attendre à voir pas mal de liaisons finir comme cette nuit. Toute la faute lui incombait! Elle aurait dû mettre les choses au point avec Holt avant de s'engager si loin.

Et maintenant? Elle jeta un bref coup d'œil à travers la vitre. Ce matin, elle ne pratiquerait pas sa séance de méditation. Son esprit était trop agité. Et puis il y avait le risque de se retrouver face à Holt en train de partir pour sa course matinale. La seule pensée de le rencontrer aujourd'hui la fit frissonner. Que dire à un homme après une pareille nuit?

Elle se mordit les lèvres. Elle devait examiner froidement la situation. D'abord pouvait-elle prolonger son séjour sur l'île?

A peine cette pensée lui traversa-t-elle l'esprit que Lacey se rendit compte que, jusqu'ici, elle l'avait refoulée au fond d'elle-même; mais elle était toujours vivace. La solution la plus simple ne serait-elle pas de faire ses bagages et de partir? Sinon, comment envisager le reste de l'été? Chaque fois qu'elle se retrouverait en présence de Holt, elle penserait à la fameuse nuit.

Un car-ferry de l'Etat de Washington, d'un blanc éclatant, parut à l'horizon et Lacey décida de partir le jour même. Elle avait besoin de prendre le large et de se retrouver avec elle-même. Quoi de mieux qu'une croisière?

L'horaire du ferry était affiché dans le hall de l'auberge. Lacey descendit à toute allure le chemin qui conduisait au bâtiment principal. Avec un peu de veine, elle ne tomberait pas sur Holt. Elle respira quand elle vit que George était seul derrière le bureau et lui sourit.

– Bonjour, George. Je viens juste consulter l'horaire du ferry. Du courrier?

– Il vient d'arriver, Lacey.

Il lui adressa un large sourire et lui tendit une pile de lettres.

– Vous allez faire un petit tour?

Les sourcils froncés, elle consultait le tableau.

– Oui, j'ai envie de prendre l'air.

Elle se força à sourire comme si de rien n'était lorsqu'elle tendit la main pour prendre le courrier.

– Il y a un bateau dans une demi-heure environ. En me dépêchant, je peux l'avoir.

– Amusez-vous bien, lui souhaita aimablement George.

Lacey fit une moue dubitative, courut à toute allure prendre quelques affaires et sauta dans sa voiture. Elle arriva au port juste à temps pour embarquer à la suite de la petite file de voitures qui attendait. Elle verrouilla sa Fiat et gagna la salle des passagers, où elle avait le temps de reprendre une tasse de café et de choisir la première étape de son périple avant que le ferry n'accoste. Elle comptait visiter toutes les îles San Juan dans la journée.

Elle demanda un café au bar, puis se dirigea vers le pont. Il faisait froid ce matin et le vent s'engouffra dans ses cheveux roux. La café brûlant lui fit du bien, l'air la revigora. Pas de doute, elle avait pris la bonne décision. Accoudée au bastingage, elle contempla pensivement la multitude d'îles vertes éparpillées sur la mer intérieure.

Lacey se força à faire le vide dans son esprit, comme au cours de ses séances de méditation matinales, pour réfléchir avec calme. Elle se demandait par où commencer quand le semblant de sérénité difficilement acquis vola en éclats : une voix grave et profonde, trop connue, l'interpellait :

– Vous fuyez, Lacey? Vous me surprenez. Je pensais que les gens du Midwest étaient réputés pour leur obstination.

Elle se retourna si vivement qu'elle faillit renverser son café.

– Vous me suivez?

Il haussa les épaules sans prendre la peine de nier l'évidence et s'approcha. Il avait également une tasse de café à la main. Vêtu d'un jean et d'une veste sur une chemise à manches longues, avec ses cheveux décoiffés par le vent, il était plus séduisant que jamais.

– Pourquoi? demanda-t-elle, tristement consciente de la bouffée de plaisir que sa seule vue déclenchait en elle.

Sa seule présence suffisait à resserrer les invisibles chaînes de velours qui la retenaient à lui. Il lui fallait lutter contre cette sensation!

Il répondit sans se démonter :

– Pour constater par moi-même s'il s'agit d'une fuite réelle ou provisoire.

Il la regarda droit dans les yeux en s'accoudant à son tour au bastingage.

– J'ai su par George que vous aviez consulté les horaires du ferry et, quand j'ai vu votre voiture démarrer, j'ai décidé de suivre le mouvement dans l'intention de vous signaler deux ou trois choses.

– Vous l'avez déjà fait cette nuit.

Elle détourna la tête pour ne pas rencontrer son regard.

– Et votre plan? Vous jouez maintenant le rôle de la partie offensée?

Il se contenait, mais sa voix trahissait son agressivité.

– Ne me dites pas que vous le revendiquez, ce rôle! s'écria-t-elle.

– Justement si. J'ai l'impression de m'être fait complètement avoir!

Elle le fixa d'un air soupçonneux.

– Dans ce cas, vous n'avez qu'à vous en prendre à vous-même!

– Aurez-vous l'audace de me dire que ce qui s'est passé cette nuit est entièrement ma faute?

Lacey encaissa le coup, les mains crispées sur la rambarde.

– C'est vous qui m'avez tirée de force de la piscine et obligée à prendre cette douche!

– Mais je ne vous ai pas fait entrer de force dans mon lit, non? Vous y êtes venue de votre plein gré. Pouvez-vous au moins le reconnaître honnêtement, Lacey?

Elle prit une inspiration et releva la tête.

– Oui, je le reconnais. Bref, nous avons simplement succombé à la tentation du moment. En d'autres termes, nous avons tous deux commis une erreur.

– Et maintenant vous prenez la fuite, conclut-il d'une voix neutre.

Elle se rebiffa.

– Non, là encore, vous vous trompez. J'ai simplement besoin de prendre un peu de recul. J'ai décidé de partir quelques jours pour une croisière dans ces îles.

– Afin de récapituler vos choix? demanda-t-il après un moment de silence.

– Il y a de cela.

– Fuir fait partie des choix possibles?

Lacey tiqua, en proie à une nervosité croissante.

– Quand cesserez-vous d'insinuer que je suis
lâche? Il ne vous vient pas à l'idée que mon départ
pouvait être la décision la plus judicieuse, la plus
facile pour nous deux?

– Non, c'est impossible.

– Pourquoi pas? lança-t-elle comme un défi.

– Fuir ne changera rien à ce qu'il y a entre nous.
Dans six mois, vous penserez encore à cette nuit.

Elle lui fit face, bouche bée.

– C'est absurde!

La bouche de Holt se tordit légèrement.

– Hélas, non! Croyez celui qui a traversé les
mêmes épreuves que vous en ce moment. La nuit
dernière est unique. Absolument unique. C'est pour
cela que je vous ai suivie ce matin. Pour m'assurer
que vous le saviez.

Devant l'évidence, elle tenta une diversion:

– Ne m'avez-vous pas dit que vous pouviez faire
face à la situation?

– Si j'y suis obligé, oui. Mais je préférerais que ça
se passe autrement. Je vous veux, Lacey. Sachez-
le.

– Vous m'avez pratiquement chassée la nuit dernière.

Sa voix cinglante exprimait la blessure cruelle
qu'elle avait ressentie.

– J'étais fou furieux la nuit dernière. Vous étiez si
absurdement obstinée! Toujours accrochée à vos
rêves de vie nouvelle pleine d'aventures. Après
cette nuit extraordinaire que nous avions vécue!
Vous pensez à ce que j'ai pu ressentir quand vous
m'avez clairement fait entendre que je venais seulement en premier sur la liste de vos conquêtes?

Elle se sentit défaillir.

– Et vous, pensez-vous à ce que j'ai éprouvé
quand, après m'avoir séduite, vous avez voulu me
dicter mon avenir comme on a toujours essayé de le
faire avec moi? Vous souhaitez que je fasse les

choses à votre façon, que je mène ma vie à votre façon. Et votre orgueil refuse l'idée que la rupture puisse venir de moi, à la fin des vacances. Voilà pourquoi vous cherchez à m'arracher la promesse d'un engagement définitif!

Il la dévisagea avec une expression dure et lointaine.

– Le croyez-vous sincèrement?

Elle ferma les yeux un instant, ne pouvant lutter contre la force de son autorité.

– Je ne sais pas, dit-elle enfin d'une voix méconnaissable, je ne sais pas.

Le visage de Holt se radoucit tandis qu'il effleurait doucement sa joue. D'un ton mi-amusé, mi-dépité, il murmura :

– Pauvre Lacey! Les choses ne tournent pas exactement comme prévu. Vous avez à peine commencé à naviguer dans votre nouvelle existence que déjà vous butez contre les écueils.

Il pencha la tête et l'embrassa longuement, passionnément. Elle ne se déroba pas. Quand il releva la tête, il sourit tristement.

– Me croirez-vous si je vous dis qu'il ne se produira dans votre nouvelle vie rien de comparable à ce qui s'est passé entre nous?

– Mais comment puis-je en être certaine sans le découvrir moi-même?

– Imaginez-vous un seul instant que je vais vous attendre? J'ai eu des cauchemars à force de me demander avec qui vous étiez, en songeant aux risques que vous preniez. Donnez-nous une chance, ma chérie. Engagez-vous et, si nous échouons, vous serez libre de suivre votre voie.

– Un jour quelconque, dans l'avenir? Quand?

Il ne dit rien. Elle devinait chaque fibre de sa volonté tendue pour la convaincre.

– Etes-vous sûr que vous souhaitez vous engager si loin? continua Lacey avec effort. Votre île est bien petite. Ne seriez-vous pas gêné par les commérages de vos voisins et des clients? C'est comme si je vivais une aventure dans ma ville natale.

— Ma parole, vous me parlez mariage! lança-t-il avec une désinvolture trompeuse.

— Non, bien sûr que non! Le mariage est la dernière chose à laquelle j'aspire!

— Bon, admettons. Je peux tolérer les rumeurs sur l'île, mais pas qu'on se serve de moi. Vous me désirez autant que je vous désire, Lacey. Promettez-moi seulement de nous donner une chance loyale. Promettez-moi que vous ne passerez pas chaque minute de la journée à faire des projets d'avenir d'où je serai exclu et je...

Il s'interrompit brusquement.

— Et vous, Holt, qu'avez-vous à m'offrir en échange? demanda-t-elle d'une voix sifflante.

— Un présent plus beau que tous les futurs que vous pourriez concevoir, dit-il simplement.

— Je n'ai que votre parole.

Il secoua énergiquement la tête.

— Non. Vous finirez par comprendre qu'en réalité, c'est ce que vous appelez de vos vœux depuis toujours.

Elle le regarda, traversée par une soudaine intuition.

— C'est ce qui s'est passé pour vous?

Il sourit :

— Ah! maintenant vous avez envie que je vous en parle!

— Ne me tourmentez pas, Holt! Vous savez que je veux connaître la fin de votre histoire.

— Bien. Puisque nous paraissons réunis au moins pour une traversée en ferry...

— Plusieurs! l'interrompit-t-elle vivement. Je ne retourne pas à l'hôtel tant que je n'aurai pas réfléchi à ce que je dois faire.

— Bien. Puisque nous sommes réunis pour *plusieurs* traversées, pourquoi ne pas entrer à l'intérieur, à l'abri du vent, et je vous raconterai la seconde partie de ma vie?

110

Lacey pesa le pour et le contre. Elle se disait qu'elle avait besoin de parvenir à ses propres conclusions sans se laisser influencer. Mais elle ne pourrait de toute façon éviter, sur ce petit ferry, la présence de Holt; d'autre part, elle était curieuse de savoir pourquoi il avait fini sur son île, dirigeant l'auberge familiale, alors que la perspective d'une vie tellement plus brillante s'offrait à lui.

Ils prirent place sur des sièges capitonnés près des hublots. Lacey écouta poliment Holt lui indiquer les noms des îles qui défilaient sous leurs yeux. Puis, quand elle sentit que ses commentaires risquaient de tourner au guide touristique, elle l'interrompit froidement.

– Vous avez promis, Holt.

– Oui, admit-il à contrecœur en se renversant contre le dossier de son siège. Voyons, où en étais-je?

– Vous meniez gaiement une vie passionnante, vous voyagiez sans cesse, et dirigiez l'ouverture de nouveaux hôtels aux quatre coins du monde.

– Oh oui! La belle vie, en somme.

– Alors? Je ne vais tout de même pas avoir droit à une tirade sur les avantages et inconvénients de la vie de bâton de chaise!

– Qui a ses bons moments...

– Je m'en serais doutée!

– Je n'aime pas votre enthousiasme, dit-il avec un soupir. Lorsque des gens comme nous se lancent dans ce genre d'existence, c'est qu'ils sont à la recherche de quelque chose. Mais les solutions ne sont pas plus là qu'ailleurs. Une vie de plaisirs n'est pas une fin en soi, voyez-vous. C'est une perte de temps... quand on peut tout trouver chez soi.

– Chez moi, je ne trouve rien, rétorqua Lacey sèchement.

– Je ne parle pas pour vous. Je suis entièrement d'accord que vous avez donné sa chance à la population du Midwest!

– Mais pas à celle de votre île, c'est cela?

– Pas à moi, en tout cas!

– Je vous ai donné une chance la nuit dernière. Et vous m'avez chassée quand vous avez estimé que je n'étais pas à la hauteur!

– Lacey!

Il se pencha vers elle avec une douceur inattendue et lui jeta un regard qui la fit frissonner.

– Oh! taisez-vous, grands dieux! s'exclama-t-il. C'est vous qui avez abusé de moi hier soir, ne l'oubliez pas! Au point que vous avez voulu me contraindre à vous déclarer mon amour. Vous vouliez rehausser votre tableau de chasse, je suppose.

Elle fut suffoquée par la violence de ses paroles.

– Ce n'est pas vrai! Je ne sais même pas ce qui m'a pris. De vieilles... vieilles habitudes, qui ont du mal à s'effacer, sans doute.

– Rassurez-vous. Vos vieilles habitudes disparaîtront bien vite si vous suivez le chemin que vous avez choisi.

– Vous sortez du sujet! lança-t-elle avec fureur.

– Nous y sommes en plein. J'étais à Acapulco lorsqu'on m'annonça que mon grand-père était à l'agonie. Je suis rentré le plus vite possible. Je l'aimais, même si nous nous heurtions à propos de ma carrière.

Il fit une pause et spontanément Lacey sentit sa colère tomber.

– Il mourut peu après mon arrivée à Seattle. A l'enterrement je sentis que tous dans la famille pensaient que je resterais.

Holt fit la grimace, secouant la tête.

– Personne ne me dit rien, simplement ils attendaient que je fasse ce qu'il fallait.

– Reprendre l'auberge?

– Oui. Mon grand-père avait fait preuve d'une grande habileté en me laissant l'affaire. Je n'avais qu'un choix: rester ou vendre. Je parcourus l'île pour me rendre compte du prix que je pourrais en tirer.

– Vous comptiez vendre?

– Dans mon esprit, une fois le sort de l'auberge réglé, je repartais à Acapulco. Quand je suis arrivé sur l'île, j'ai été épouvanté par l'état des lieux. Mon grand-père avait tout laissé partir à vau-l'eau. Je n'en croyais pas mes yeux. En faisant le tour des jardins et des bâtiments, je revoyais leur état des beaux jours. Et je songeais aux améliorations que j'avais jadis envisagées.

– C'est alors que vous avez pris la décision de rester?

– Pas tout à fait. J'ai décidé de restaurer l'endroit pour en tirer un bon prix. Je connaissais les installations modernes pour avoir travaillé dans une chaîne d'hôtels et j'avais aussi mes propres idées. J'ai estimé que je pourrais obtenir le double du prix en apportant quelques améliorations. Puis, de fil en aiguille, je compris que je n'avais aucune intention de vendre. Et surtout que mon ancienne vie ne me manquait pas du tout.

– Et vous avez accepté les chaînes imposées par votre famille...

– Ne dramatisez pas, en fait, j'avais trouvé ce que je cherchais. Je ne vois pas pourquoi j'aurais dû continuer à courir derrière une satisfaction que je trouvais chez moi.

– Quelle est au juste la morale de cette histoire?

– J'ai eu de la chance, Lacey, voilà tout. Les circonstances m'ont ouvert les yeux. Ma vie était ici. Je ne l'ai compris que la seconde fois. Mais le destin n'offre pas toujours une seconde chance. Si vous crachez sur la première qui s'offre à nous, vous n'en aurez pas forcément une autre.

– Je sais, vous n'attendrez pas que j'aie jeté ma gourme.

– Je vous offre une chance de la jeter avec moi.

Il lui adressa un sourire engageant, soucieux de détendre l'atmosphère.

– Simplement, en retour, je ne veux pas être rejeté à la première occasion.

L'hostilité de Lacey fondit.

— Holt, je n'ai jamais eu l'intention de vous blesser ou de vous faire marcher. J'ai essayé de jouer franc jeu avec vous dès le début.

— Mais vous n'avez été ni honnête ni franche la nuit dernière, ma chérie. Avec votre corps vous me disiez une chose, et une autre avec votre tête.

— Ce n'est pas vrai!

— Si, c'est vrai. Pourquoi croyez-vous que j'étais furieux au point de vous chasser de mon lit? Vous vous donnez à moi comme si j'étais le seul homme au monde qui compte pour vous. Puis, l'instant d'après, vous remettez sur le tapis votre départ à la fin de l'été!

— Vous êtes cruel!

— Vous aussi. Mais je suis prêt à reconnaître que je m'y suis mal pris. C'était trop tôt, je le savais. Ma seule excuse est qu'après vous avoir surprise dans la piscine avec Jeremy, mes réflexes l'ont emporté sur mon bon sens. En plus, vous vous êtes obstinée au lieu de laisser passer ma colère. J'ai perdu la tête et voulu vous montrer que vous perdiez votre temps avec Jeremy Todd.

Son humeur maussade avait fait place à une vague culpabilité. Lacey tenta de détendre l'atmosphère.

— Ce sont des excuses!

— Je suppose. Je sais seulement que je n'aurais jamais dû vous placer dans cette situation. Vous êtes intelligente, volontaire et vous devez parvenir à vos conclusions vous-même!

— Merci bien!

— N'y voyez aucune condescendance de ma part!

— C'est bien vrai?

— Oui. Ou peut-être un peu. Mais seulement parce que...

— Parce que vous prétendez savoir ce qui est meilleur pour moi?

Il ne se démonta pas et répondit sans sourciller :

– Et comment! Vous finirez bien par l'admettre! Et maintenant, quelle est notre prochaine île?

– Je ne sais pas... Je vais consulter la carte du grand salon.

Rouge de confusion, elle ne parvenait pas à trouver ses mots.

– Vous avez vraiment décidé de venir avec moi?

Il prit un ton suave :

– Il faut bien me faire pardonner de vous avoir chassée de mon lit hier soir, n'est-ce pas?

Lacey sentit ses joues s'enflammer.

– Je préférerais ne plus en parler.

– Vos désirs sont des ordres. Venez, je vous montrerai les îles les plus intéressantes.

Il l'aida à se relever et se dirigea rapidement vers le grand salon.

– Je suis monté à bord sans voiture, nous prendrons la vôtre.

La journée s'écoula au mieux et Lacey dut reconnaître que Holt se révélait un guide attentif et agréable. Ils sautèrent de ferry en ferry, il lui fit visiter une foule de petites boutiques artisanales disséminées dans les villages, lui offrit un délicieux déjeuner de crabe grillé et lui conta l'histoire de Puget Sound, la truffant d'anecdotes amusantes.

Ses réticences disparurent bien vite et elle s'abandonna sans réserve au plaisir de la journée que, déjà, elle regrettait de voir finir. Holt, qui avait pris d'autorité le volant, sortit la petite voiture du ferry et prit la direction de l'auberge. Il la gara tranquillement devant le bungalow de Lacey.

– Et voilà!

Il se tourna vers elle, le regard grave.

– Suis-je pardonné? Pouvons-nous au moins décider d'une trêve?

– Revenir au point de départ, avant la nuit dernière?

Lacey était sur ses gardes.

– Ça ne paraît guère possible. Mais pourquoi pas une trêve que nous mettrions à profit pour mieux nous connaître?

– Et pour me convaincre que vous avez raison et moi tort!

– Vous êtes intelligente, je vous l'ai déjà dit!

Elle sourit malgré elle.

– Je ne vais pas me sauver, si c'est ce que vous craignez. J'ai un courrier trop abondant qui me parvient à cette adresse!

– A la bonne heure! Si je comprends bien, vous restez uniquement pour que vos employeurs potentiels ne perdent pas votre trace!

– Mon sens pratique du Midwest, je parie!

C'était faux, et elle le savait. Elle demeurait sur l'île parce qu'elle ne pouvait se résoudre à s'éloigner de Holt Randolph maintenant. Cette journée passée ensemble n'avait fait que resserrer les chaînes de velours qui la retenaient captive.

Elle ignorait ce que l'avenir lui réservait tandis qu'elle s'habillait pour la grande soirée donnée à l'auberge. Une seule chose était indubitable, c'est qu'elle ne pouvait pas partir. Elle aussi se trouvait lâche!

En tout cas, elle n'était absolument pas préparée au choc qui l'attendait lorsqu'elle se faufila, un peu plus tard, au milieu de la foule gaiement occupée à bavarder en dégustant du cognac.

L'élégante beauté à la chevelure de jais pendue au bras de Holt ne pouvait être que son ex-fiancée!

8

– Une sacrée belle fille, vous ne trouvez pas?

Jeremy paraissait fasciné tandis qu'il s'adressait à Lacey, debout au milieu du groupe.

Il jeta un coup d'œil connaisseur, jaugeant la grande femme sophistiquée qui se tenait au centre de la salle.

– C'est Joanna Davis, d'après Edith et Siam. La fameuse fiancée!

Lacey le reprit sans conviction :

– Ex-fiancée.

Elle avala une gorgée de cognac que lui tendit Jeremy, sans cesser de détailler l'autre femme.

Joanna était sans conteste une créature époustouflante à bien des égards : cheveux d'un noir profond relevés en un élégant chignon, ravissants yeux bleus pleins de vie, voilés de longs cils noirs. Ses traits fins et aristocratiques lui conféraient une sorte de distinction naturelle. Et, incontestablement, Joanna savait tirer parti de ses atouts. Un fin bustier noir accentuait son allure extrêmement sophistiquée; des bijoux étincelants mettaient en valeur sa gorge et ses poignets. Mentalement Lacey évalua son âge : trente-deux ans, environ.

– Un peu trop habillée pour l'endroit, vous ne trouvez pas?

Aussitôt, elle regretta cette petite rosserie.

Jeremy haussa les sourcils d'un air moqueur.

– Ah! c'est donc ça! Je ne suis pas surpris, ajouta-t-il gaiement.

– Que voulez-vous dire?

– Du calme. Ce n'est un secret pour personne que Randolph et vous avez disparu ensemble toute une journée ou presque. Et la nuit dernière vous n'étiez pas très pressée de rentrer chez vous. J'ai constaté que vous n'aviez pas éteint vos lumières après mon retour, vous étiez sans doute absente...

– Les écrivains sont-ils tous aussi curieux?

– Juste au moment où nous allions connaître une aventure époustouflante! Ne dites pas le contraire!

Il parlait d'un air si dégagé que Lacey éclata de rire.

– Eh bien, merci de tout cœur! Au moins, vous prenez les choses à la légère! Vous pourriez au moins feindre d'avoir le cœur un tout petit peu brisé!

Il haussa les épaules.

– Désolé, mais j'ai appris depuis longtemps à m'accommoder des situations. Une chose, en revanche, me rend perplexe. Je ne vous vois absolument pas formant un couple avec Holt.

– Holt et moi ne nous sommes rencontrés que deux fois, c'est tout.

Il observa, d'un air pensif :

– Notez, vous avez raison. Le retour de Joanna risque de tout remettre en question.

Malgré elle, Lacey jeta un coup d'œil furtif en direction de la femme qui souriait au bras de Holt. Au même moment, Holt leva les yeux et la vit. Lacey eut le temps de surprendre dans les yeux gris argent une expression distante qui disparut aussitôt qu'il croisa son regard. L'espace d'une seconde, ils se dévisagèrent à travers la pièce, puis Holt se pencha vers la femme à côté de lui.

118

En le voyant s'écarter de Joanna Davis, Lacey fut prise de panique. Il allait sûrement venir vers elle et elle n'était pas certaine de se montrer à la hauteur de la situation. Le salut lui vint d'un veilleur de nuit qui apparut dans l'embrasure de la porte, scrutant l'assemblée d'un air important.

– Oh! vous voilà, mademoiselle Seldon! s'exclama le jeune homme. Un coup de téléphone pour vous. Je pensais vous trouver ici et je n'ai pas passé la communication dans votre bungalow. Prenez-vous dans le hall?

– Oui, merci.

Lacey pensait que c'était sa mère et sursauta en reconnaissant au bout du fil Roger Wesley.

– Allô, Lacey? murmura-t-il sur un ton professionnel. Je suis content d'entendre ta voix...

– Oh! c'est toi, Roger. Que diantre veux-tu?

Il y eut un silence, le temps pour Roger d'encaisser cette réponse peu encourageante. Elle le voyait quasiment chercher soigneusement ses mots.

– Tes parents m'ont donné ton numéro...

– Je ne vois pas pourquoi.

– Chérie, dit-il doucement, je sais que je t'ai fait du mal il y a deux ans, mais nous étions jeunes...

– Roger, je t'en prie, pas de préambule. Va droit au fait et raccroche. Je suis pressée.

– Chérie, je vois bien que tu cherches une parade pour dissimuler ton émotion.

– Roger, connais-tu un professeur de psychologie à l'université? Il se nomme Harold, il a deux enfants.

– De quoi diable parles-tu?

– De rien. Que veux-tu?

– Ma chérie, ta famille se fait du souci à ton sujet.

Sans se démonter, il adoptait le ton ferme et assuré du médecin.

Roger Wesley, comme tout un chacun en Iowa, savait toujours ce qui était bon pour Lacey.

– Et mes parents comptent sur toi pour me convaincre de revenir?

– Pour te faire entendre raison, oui. Maintenant, calme-toi et écoute-moi, Lacey...

– Je ne suis pas particulièrement agitée, je t'assure...

– Ta mère t'a dit que je divorçais?

Roger continuait, il s'attendait à trouver la femme compréhensive qu'il avait toujours connue. Soudain la porte s'ouvrit derrière Lacey. Holt s'encadra dans l'embrasure.

– Je désire t'entretenir de cette décision, Lacey. Elle te concerne. J'ai beaucoup pensé à nous, tous ces temps-ci et...

– Roger! J'ai mieux à faire en ce moment. Bonsoir!

– Lacey!

– Roger, si tu ne veux pas recevoir la facture des frais détaillés de tes études, cesse de m'importuner!

Sans attendre sa réponse, elle raccrocha.

– Décidément, les voix du passé semblent s'être donné rendez-vous ce soir, constata Holt d'une voix nonchalante.

– Apparemment celle de votre passé à vous n'est pas particulièrement désincarnée.

– Oh! pour ça oui, elle a un corps. Et quel corps! je l'avais presque oublié!

Le sang de Lacey ne fit qu'un tour.

– Elle est habillée ce soir de façon à ressusciter les plus tendres souvenirs...

Le regard gris argent énigmatique embrassa la blouse blanche, aux larges manches bouffantes, le décolleté révélant la ligne de la gorge et des épaules et dévoilant à peine la naissance des seins, la longue jupe vaporeuse. A côté de l'ensemble noir moulant de Joanna Davis, Lacey avait l'impression de débarquer tout droit de l'Iowa.

Plein d'intérêt, Holt demanda :

– Seriez-vous jalouse par hasard?

Elle dut faire effort pour répondre d'un ton glacial.

– Absolument pas. C'est ce coup de téléphone qui m'a mise de mauvaise humeur. Je...

Au moment où elle allait prononcer une quelconque ineptie, la porte s'ouvrit heureusement derrière Holt. C'était Joanna Davis!

– Ah! vous voilà, Holt! Je me demandais où vous aviez disparu. On danse déjà dans la salle et il y a si longtemps que nous n'avons pas valsé ensemble!

Les yeux bleus, outrageusement maquillés, flamboyèrent à l'évocation de souvenirs passionnés et Lacey enfonça ses ongles dans ses paumes. Elle ne se laisserait pas démonter par cette créature surgie du passé de Holt!

– Avec plaisir, Joanna.

Holt baissa les yeux sur la longue main fine qui le tirait par la manche.

Il se retourna comme pour ajouter quelque chose à l'adresse de Lacey, mais Jeremy apparut.

– Venez danser, Lacey!

Il s'avança, ignorant les deux autres, et lui saisit le poignet.

– Randolph a engagé pour ce soir un nouvel orchestre!

Lacey sourit tranquillement en passant devant Joanna, qui se réserva le dernier mot :

– A présent, Holt, vous n'avez plus à vous en faire. Votre pensionnaire est partie pour passer une bonne soirée. Il semble tout à fait son type.

Jeremy laissa battre la porte derrière lui et s'épongea le front d'un geste théâtral.

– Ça alors! Elle est épatante dans tous les sens du mot! Du pur poison, si vous voulez mon avis. Quand je l'ai vue emboîter le pas derrière Randolph parti à votre recherche, j'ai décidé de me joindre au cortège! Chevaleresque, n'est-ce pas?

Lacey eut un sourire lugubre.

– Très.

Jeremy l'entraîna vers la salle.

– Apparemment elle est revenue ici dans un seul but.

– Pour remettre le grappin sur Holt? hasarda Lacey en soupirant.

– Edith et Siam en sont convaincus. Et, pour être franc, il ne semble pas courir très vite dans la direction opposée!

Plusieurs fois au cours de la soirée, Lacey se remémora ces paroles. Elle dansa souvent avec Jeremy et d'autres et, comme par hasard, chaque fois qu'elle se retrouvait sur la piste, elle se heurtait à Holt et son ex-fiancée. Ils formaient un très beau couple, pensa-t-elle amèrement. Comment Holt ne voyait-il pas que cette femme était une dévoreuse d'hommes?

Il était près de onze heures quand Lacey, qui se reposait à sa table, vit Holt et Joanna s'approcher.

Résigné, Jeremy déclara:

– Il va y avoir du grabuge. Parions que je vais obtenir le privilège de danser avec la douce Joanna... qui ne semble pas particulièrement enchantée à cette perspective...

Il avait vu juste. Holt murmura quelques mots pour confirmer qu'il confiait un moment Joanna à Jeremy et, avant de comprendre quoi que ce soit, Lacey se retrouva sur la piste dans les bras de Holt qui la serraient comme un étau. Il attaqua d'emblée:

– Que vous disait Roger?

– Il a été chargé de me faire entendre raison.

Lacey avait répondu sur un ton léger, étonnée de l'humeur sombre de Holt. Qu'avait-il? Etait-il jaloux? C'était pourtant lui qui avait consacré toute sa soirée à son ex-fiancée!

– Y parviendra-t-il?

– Je ne sais pas. Mlle Davis parviendra-t-elle à vous convaincre, elle?

– Que savez-vous au juste de Joanna?

– Les bruits vont vite dans une petite communauté! Je sais que vous avez été fiancés, que depuis Joanna a été mariée, puis qu'elle a divorcé. Les langues vont bon train quant aux raisons possibles de sa présence ici.

– Bien résumé...

– Pas tout à fait. La question est plutôt de savoir si vous êtes content de la revoir. A-t-elle compris qu'elle a eu tort de rompre avec vous?

– Voilà des questions qui ne manquent pas de toupet de la part de quelqu'un qui se fiche pas mal de ce qui m'adviendra après septembre!

– C'est faux! Je me posais justement la question de savoir si vous n'étiez pas en train de courir à un autre échec!

– De quoi vous mêlez-vous? Ne vous en faites pas pour Joanna. Nous nous comprenons, elle et moi. Ou, du moins, moi, je la comprends. En tout cas, Jeremy et vous sembliez au mieux ce soir. Que pense-t-il de la journée que vous avez passée avec moi? Il a dû se rendre compte que vous n'avez pas regagné votre bungalow tout de suite hier soir, n'est-ce pas?

Lacey s'empourpra; elle choisit de le railler.

– Jeremy et moi nous comprenons très bien, nous aussi.

– Autrement dit, il ne vous en fait pas grief?

– Il ignore tout de la nuit dernière. Sauf que je ne suis pas rentrée chez moi tout de suite!

– Alors, chérie, tout le monde, ou presque, dans cette salle est au courant, l'informa Holt avec une certaine satisfaction.

– Quoi?

Ses yeux écarquillés et ses lèvres entrouvertes trahissaient le désarroi de Lacey.

– Mais comment? Je n'ai rien dit... Est-ce qu'on m'aurait vue revenir de chez vous?

Son visage s'adoucit devant sa visible détresse.

– Ils s'en moquent tous. Quoi qu'il en soit, les gens sont heureux pour nous, ils aiment les romans d'amour. Mais la spéculation va se développer avec la réapparition de Joanna. D'ici peu elle sera au courant, si elle ne l'est pas déjà!

– Mon Dieu! Pire que dans ma campagne!

– Et cela vous ennuie?

– J'ai horreur des complications, répondit-elle avec fureur.

– Il faudra vous montrer à la hauteur des circonstances...

– Décidément, c'est toujours à moi de faire mes preuves! Comment osez-vous, Holt Randolph? Retournez à votre ex-fiancée. Je parie qu'elle a une grande expérience de ce genre de situation. Seulement, ne venez pas vous plaindre à moi quand elle en aura assez de jouer avec vous!

Sans attendre sa réaction, Lacey se dégagea de ses bras et traversa la piste en direction de sa table. Jeremy n'était toujours pas revenu avec sa partenaire récalcitrante. Lacey ramassa son petit sac du soir et se dirigea résolument vers la porte, indifférente aux regards intrigués qui la suivaient.

Elle l'atteignait quand Jeremy apparut comme par enchantement à ses côtés. D'autorité, il lui prit le bras.

– Je vous ramène. Vous réussirez mieux votre sortie avec un partenaire.

– Merci, mais ce n'est pas la peine.

Pourquoi se laissait-elle démonter par cette femme? Elle s'en moquait, après tout, si Holt avait été humilié par son ex-fiancée!

Quant à Jeremy, la situation semblait plutôt l'amuser.

– J'insiste, d'ailleurs vous n'êtes pas la seule à vous échapper!

– Elle vous a laissé tomber?

Lacey se prit à sourire.

– Elle était furieuse que Holt l'ait mise dans mes bras! Cette femme est pire qu'une chatte! grommela Jeremy.

Lacey accueillit l'air frais de la nuit avec soulagement.

– Amusant! elle semblait tout sourire quand elle dansait avec Holt! remarqua-t-elle.

– Un mot d'avertissement: elle est au courant, pour vous...

– Je sais.

Lacey haussa les épaules avec indifférence.

– Non, je veux dire qu'elle est au courant de votre rôle dans la vie de Holt.

– Je ne joue pas de rôle particulier, que diable!

– C'est vous qui le dites, Lacey. J'essayais simplement de vous mettre en garde. Joanna est revenue ici pour Holt, et gare à qui se mettra en travers de son chemin!

– Je n'en ai nullement l'intention. Si Holt veut renouer avec elle, c'est son affaire.

Lacey redressa fièrement le menton.

– En ce qui me concerne, j'ai mes propres projets d'avenir.

– Je vous crois.

Lorsqu'ils furent arrivés devant la porte du bungalow, Lacey eut pitié de lui.

– Je suis désolée, Jeremy, je ne sais pas pourquoi j'agis de la sorte! Entrez prendre un grog. C'est le moins que je puisse faire pour vous remercier d'être venu à mon secours ce soir!

– Merci, j'accepte.

Ses yeux sombres s'éclairèrent.

Il la quitta une heure plus tard et accueillit de bon cœur son baiser fraternel avant de partir. Lacey le regarda s'éloigner en pensant que c'était vraiment un gentil garçon. Puis elle rentra et ferma sa porte.

Elle resta un moment immobile à se demander ce qui se passait entre Holt et son ex-fiancée. Puis, accablée, elle se promit de ne plus y penser. Mécaniquement, elle ramassa les verres sur la table pour les porter à la cuisine.

Elle finissait de les rincer quand un coup résonna à la porte. Devinant qui c'était, Lacey hésita un instant sur la conduite à tenir. Puis, comme hypnotisée par un destin inéluctable, elle traversa le salon et ouvrit.

– Ne me dites pas que vous ne m'attendiez pas!

Il franchit le seuil d'un air dégagé, une bouteille de cognac à la main.

– Non! Que faites-vous ici, Holt?

Il passa derrière elle pour entrer dans la pièce.

– Je viens prendre la suite de Todd, qu'est-ce que vous croyez?

Il se laissa tomber sur le canapé et lui jeta un regard plein de sous-entendus.

– Vous avez été bien longue à mettre Jeremy dehors. Cinq minutes de plus, je perdais mon sang-froid et me livrais à je ne sais quel esclandre!

– Absurde.

Elle ferma la porte et traversa la pièce pour s'asseoir dans le vieux fauteuil près de la cheminée, car elle ne voulait pas sentir Holt trop près d'elle.

– Vous n'avez pas la tête à faire des folies! Vous êtes bien trop absorbé par votre avenir!

– *Notre* avenir. Avez-vous deux verres?

– J'ai déjà pris un grog, merci.

– Prenez-en un autre. J'ai à vous parler.

Lacey essaya de deviner quel était son état d'esprit, puis, sans un mot, elle alla chercher deux verres dans la cuisine.

Ils dégustèrent l'alcool en silence, chacun plongé dans ses propres pensées, puis Lacey s'entendit demander :

– Vous avez vraiment failli l'épouser?

– Oui. Grâce à Dieu, elle s'est aperçue à la dernière minute que je n'avais aucune intention de me laisser emmener de force hors de l'île. Elle s'était mis dans la tête de me faire reprendre la chaîne d'hôtels, je crois, et se voyait déjà menant grand train.

– Comme moi, vous voulez dire?

Il sourit.

– Non, pas tout à fait. Elle voulait surtout un homme capable de payer.

– Vous?

– Oui!

– L'aimiez-vous?

Il haussa les épaules.

– J'étais attiré par elle. Joanna est apparue très vite après que j'ai pris la décision de m'installer ici. Je pensais qu'une hôtesse élégante ferait bien dans le tableau. Les fiançailles n'ont pas duré longtemps. Quand elle a constaté que j'étais intraitable au sujet de l'auberge, elle a songé sérieusement à regarder ailleurs.

– Vous avez été très... humilié?

– C'est la sympathie qui vous fait parler?

– Juste une question.

– Non, pas très. J'ai surtout éprouvé un sentiment de soulagement.

Lacey secoua la tête d'un air entendu.

– Comme moi quand Roger m'a annoncé qu'il voulait divorcer.

– A propos de Roger...

Holt n'acheva pas sa phrase. Au même moment, la sonnerie du téléphone retentit.

– Oui, Roger... murmura-t-elle avec répugnance.

– C'est lui?

– Probablement.

Le téléphone continuait à sonner. Lacey ne bougea pas. Les yeux dans les yeux, Holt lui proposa :

– Voulez-vous que je réponde?

Un petit sourire se dessina sur la bouche de Lacey tandis qu'elle considérait la question. Elle pensa à la tête de son ex-mari en entendant un homme répondre au téléphone chez elle, à cette heure de la nuit. Ce serait trop drôle!

Sans attendre davantage, Holt se dirigea vers le téléphone et décrocha.

D'une voix traînante et sans lâcher Lacey des yeux, il déclara :

– Non, vous ne faites pas erreur. Vous êtes bien chez Lacey.

Il y eut une pause et une lueur menaçante alluma les yeux de Holt.

– Je crains que ce ne soit pas possible. Lacey est occupée en ce moment... Qui suis-je? Celui avec qui elle est occupée, naturellement.

Venant du récepteur, un cri étouffé parvint aux oreilles de Lacey. On aurait dit que Roger avait explosé.

– Non, je ne vous la passerai pas. Je ne permets jamais à des étrangers de parler à ma fiancée. Encore moins à cette heure tardive!

Il raccrocha et leva des yeux interrogateurs sur Lacey. Elle le fixa un instant, partagée entre l'émotion et une envie de rire irrésistible.

– Un peu énergique, mais efficace. J'aurais donné cher pour voir sa tête!

– Vous n'êtes pas fâchée?

– J'aurai droit à une explication dans la matinée, je suppose. Il téléphonera à mes parents à l'aube. Donc, je m'attends à les avoir au bout du fil avant le petit déjeuner!

– Qu'allez-vous leur dire?

Elle haussa les épaules avec découragement.

– Je leur exposerai les faits. Ils les interpréteront à leur façon. J'ai déjà dit à maman que Roger ne m'intéressait plus. Elle n'aurait jamais dû lui donner mon numéro.

– Les explications que je lui ai servies n'ont pas l'air de vous choquer, on dirait, murmura Holt.

Il contemplait d'un air absorbé le liquide ambré dans son verre.

Elle sourit, absorbée par la lumière de la lampe qui jouait dans les cheveux de Holt. Il portait la même veste et la même cravate qu'un moment plus tôt à l'auberge. La vue de cet homme sur son canapé lui procura un étrange plaisir. Instinctivement, elle se demanda où Joanna Davis était en ce moment.

Lentement, il suggéra:

– Puisque vous prenez si bien les choses, vous pourriez peut-être me rendre la pareille.

– Pardon... J'ai sans doute perdu le fil de la conversation... dit Lacey prudemment, ses yeux soudain très graves.

– C'est pourtant clair. Je vous demande de m'aider à me débarrasser de Joanna.

Elle le fixa, éberluée.

– Que dites-vous?

– J'aimerais que vous disiez à Joanna que nous sommes fiancés tous les deux et qu'elle ne m'intéresse plus.

– Pourquoi ne pas le lui dire vous-même?

– Je pourrais, en effet, mais ce serait plus facile si c'était vous.

Il lui vint à l'esprit que Holt n'avait pas été tout à fait honnête dans ses explications au sujet de Joanna Davis.

– Vous avez peur d'être humilié une seconde fois? Sa réapparition dans votre vie ne vous laisse pas aussi insensible que vous le prétendez?

– C'est une femme très... déterminée.

– Autrement dit, malgré vos réticences, vous n'excluez pas le risque de retomber sous son charme?

– Je ne l'aime pas!

Il se leva, impatienté, et s'adossa à la cheminée.

– Mais vous êtes toujours attaché à elle.

– Vous êtes la seule femme que je désire, articula-t-il en fixant obstinément l'âtre vide.

Lacey prit une longue inspiration, se leva lentement et vint se placer près de Holt.

– Je pourrais vous la faire oublier, à votre avis?

Il leva la tête pour rencontrer son regard très tendre.

– Oui.

Une émotion indescriptible envahit Lacey. Elle ne voulait pas qu'il souffre encore à cause de cette femme. Inexplicablement elle ressentait le besoin de le protéger. En même temps, elle éprouvait une immense satisfaction à l'emporter sur l'autre femme. Holt lui avait rendu service. Pourquoi n'en ferait-elle pas autant?

– Si vous le souhaitez, j'irai lui annoncer notre mariage.

Les doigts de Holt se crispèrent sur la cheminée au point que ses jointures blanchirent. Puis il se ressaisit et lui sourit avec un amusement sincère.

– Vous le feriez?

– Si les conséquences de cette déclaration nous portent tort, il suffira d'invoquer un malentendu.

Elle était loin d'éprouver l'indifférence qu'elle affichait.

Holt le devina et mit un bras autour de ses épaules d'un geste possessif et affectueux.

– Venez, ma fiancée, allons faire un tour. Je sens que j'ai besoin d'un peu d'exercice.

– A minuit! s'exclama-t-elle, déconcertée par sa gaieté subite.

– C'est ça ou je ne réponds plus de mes actes!

Il saisit rapidement le châle qu'elle avait jeté sur le canapé un instant plus tôt et le lui tendit.

– Et votre extraordinaire maîtrise? lança-t-elle en riant pour dissimuler la vague de sensualité que ses paroles provoquaient en elle.

– Justement. Ma sagesse m'interdit ce soir les actes incontrôlés! Mais, prenez garde, à trop se contenir, on explose!

Ils marchaient vers la baie. Au milieu de la pelouse, Holt s'arrêta et prit Lacey dans ses bras. Au loin résonnait encore l'orchestre qu'elle n'entendait pas, fascinée par la lueur qui étincelait dans les yeux de Holt et bouleversée par la sensation de ses bras qui l'étreignaient au clair de lune.

– Ma chérie, ne me provoquez pas si vous n'êtes pas prête à en assumer les conséquences. Toute la journée, je n'ai cessé de penser à vous, à en avoir mal. Ce soir, il m'a fallu supporter de vous entendre parler à votre ex-mari, puis vous voir danser avec Todd. Quelle journée!

Dans l'esprit de Lacey se bousculaient les images et les souvenirs. Elle songeait à la femme aux cheveux de jais, puis évoqua la nuit de passion qu'elle avait connue avec Holt et le plaisir de cette journée passée en sa compagnie. Elle désirait cet homme et il la désirait. Une fois encore, elle se refusa à évoquer le futur. Il était là, pour l'instant, c'était la seule chose qui comptait.

Mais brusquement lui revint en mémoire la

colère de Holt, la veille au soir, et ses yeux verts s'assombrirent. Elle tenta de se dégager doucement.

– Qu'y a-t-il, ma chérie?

– Vous me plaisez, Holt, et même davantage, mais rappelez-vous ce que vous m'avez dit. Moi, je ne peux vous faire les promesses que vous attendez...

Sa voix se brisait.

– En êtes-vous si sûre, ma petite Lacey?

Il se pencha pour repousser une mèche de cheveux sur son front.

– C'est bien certain?

– Holt, ne revenons plus là-dessus.

Elle frissonna lorsque les mains de Holt glissèrent sur son dos jusqu'au creux de ses reins. Ses yeux se fermèrent sous la violence du désir qui montait en elle.

– Puisque vous ne pouvez vous résoudre à un vrai engagement, faites au moins semblant.

– Semblant?

– Lacey, nous nous comprenons parfaitement. Vivons l'instant présent sans autre préoccupation. Supposons que nous sommes fiancés pour de bon.

– Une autre aventure d'une nuit? demanda-t-elle cyniquement.

– Non. Deux nuits, c'est déjà une liaison.

Il posa un léger baiser sur sa tempe.

– Après, il y aura une troisième nuit?

– Oui.

– Holt, savez-vous bien ce que cela signifie?

Plus elle se défendait, plus elle s'enlisait.

– Que je capitule. Appelez ça comme vous voudrez, j'accepte tout. Lorsque je vous ai raccompagnée la nuit dernière, j'ai compris que je m'empêtrais bêtement. J'ai passé la journée à chercher un compromis. Mon seul tort a été de croire que je pourrais tenir plus longtemps, juste le temps que vous compreniez par vous-même... Mais je n'en peux plus, ma chérie. Je me contenterai de ce que j'ai.

Sans un mot, il lui prit la main et l'entraîna vers la grande maison.

9

Pourquoi était-ce si difficile d'accepter la capitulation de cet homme? En proie à des sentiments contradictoires, Lacey gravit les marches du perron au bras de Holt. Quand il s'arrêta pour ouvrir la porte vitrée, elle sentit sa main trembler et chercha en vain son regard.

Holt ferma la porte. Aussitôt, il prit Lacey par l'épaule et l'obligea à lui faire face, scrutant avec attention ses traits figés comme pour y déchiffrer un signe du combat qui se livrait en elle. Mais il était à mille lieues de deviner l'agitation de son cœur. Qui aurait pu prévoir qu'à l'instant précis où elle arrivait à ses fins, sur le point de vivre une passion sans attaches, une petite voix en elle commencerait à s'interroger?

Un peu sarcastique, il s'inquiéta :

– Qu'y a-t-il, ma chérie? Appréhendez-vous d'être chassée de mon lit cette nuit encore?

– Vous y pensiez? fit-elle amèrement.

Sans doute en était-il capable, ajouta-t-elle pour elle-même.

– Oh! Lacey!

Il gémit et la serra contre lui, le visage enfoui dans ses cheveux.

– Je n'en aurai jamais plus le courage. A peine vous avais-je reconduite la nuit dernière que je l'ai regretté. Rassurez-vous, ma chérie, j'ai accepté mon sort!

Lacey eut un petit pincement au cœur devant la calme détermination contenue dans ces mots. Elle éprouva à nouveau le besoin instinctif de protéger cet homme apparemment si sûr de lui. Blottie contre son épaule, elle murmura avec gravité :

– Holt, si ce n'est pas ce que vous souhaitez...

Son étreinte se resserra brusquement.

– Mais c'est ce que je veux, justement. Vous aussi, n'est-ce pas?

– Je... je crois... bredouilla-t-elle.

Son hésitation trahissait son trouble. Mais il était trop tard pour faire marche arrière.

– Non, Holt, oh non!...

Doucement ses doigts remontèrent sur les bras de Holt, qu'elle pressa de toutes ses forces. Elle n'y comprenait plus rien.

– J'ai envie de vous. Seulement tout est arrivé si vite! Et puis il y a Joanna.

– Oubliez Joanna. Elle n'a aucune part dans ma décision de ce soir. Mais je compte toujours sur vous pour lui dire que nous sommes fiancés?

Ravie de pouvoir lui offrir ne serait-ce qu'une faible compensation en échange de sa capitulation, tellement plus importante, Lacey secoua vivement la tête.

– Dites ce que vous voulez, Holt.

Il parut se concentrer et elle sentit à nouveau ses mains trembler.

– Cette nuit nous ferons semblant de croire que nous sommes mariés, murmura-t-il. Et, demain, nous oublierons.

Son souffle soulevait légèrement les cheveux de Lacey tandis qu'il l'embrassait avec une exquise délicatesse. Il retint un moment en arrière la masse de sa chevelure rousse et approcha les lèvres de son oreille. Chacun de ses mouvements était incroyablement lent, raffiné comme une torture.

Avec précaution, comme s'il tenait entre les mains un trésor fragile, à manier avec le plus grand soin, Holt poursuivit son exploration. Il posa de tout petits baisers brûlants le long de sa gorge jusqu'à la courbe de ses épaules et gémit de plaisir en la sentant frémir contre lui.

Les mains de Lacey coururent sur son torse, puis glissèrent sous le tissu de sa veste, cherchant la chaleur de son corps. Elle respira son odeur masculine et, d'un mouvement instinctif, presque animal, elle colla de toutes ses forces son corps contre le sien, avide d'en ressentir toute la puissance.

Il laissa ses mains dessiner de longs mouvements sensuels sur sa poitrine, ses hanches, jusqu'à ce qu'elle ait mal à force de désir. Elle se cambra, prise d'une étrange langueur et d'une délicieuse sensation de volupté. Puis, fermant les yeux, elle appuya sa tête contre son épaule.

– Vous me ravissez, ma chérie. Vous répondez si parfaitement à mon appel et vous suscitez si subtilement ma réponse... Il me suffit de vous regarder pour avoir envie de vous.

– Vous ne pensez plus à Joanna?

Sa phrase se voulait taquine, légère mais, au fait, elle n'était pas du tout sûre qu'elle ne trahissait pas sa crainte. Elle le sentit sourire, sa bouche contre la peau de son épaule.

– Je ne pense qu'à vous, ma chérie. Et Roger Wesley? Pensez-vous à lui?

Elle ouvrit le col de sa chemise et déposa un baiser rapide sur son cou.

– Ne soyez pas ridicule. Roger fait partie des sept péchés capitaux. Quand je pense à ma délectation quand vous lui avez dit que nous étions fiancés, j'en suis effrayée!

– Pas de scrupules, il le méritait.

– En fait, c'était un mensonge.

Elle soupira, un peu gênée, et fronça les sourcils en pensant à la réaction de sa famille, le lendemain, quand Roger lancerait sa bombe.

– Pour mentir il faut être convaincu de ce qu'on dit. Faire semblant d'y croire. Question d'entraînement...

D'abord surprise par cette déclaration sans ambages, Lacey ne s'y attarda pas car il venait de la prendre dans ses bras et la portait délicatement vers la chambre obscure. Lorsqu'il l'allongea sur le tapis, près du grand lit, elle oublia tout en dehors de Holt Randolph.

– J'ai tant besoin de vous, Holt. Je...

Elle trébucha sur le mot suivant, s'apercevant avec une émotion rétrospective qu'elle avait failli lui déclarer une nouvelle fois son amour. Non! Il n'était pas question d'amour entre eux. Ils partageaient le même attrait physique, un point, c'était tout.

– Vous, quoi, ma chérie?

Il fit glisser la blouse blanche. Ses seins se dévoilèrent, beaux et fermes, et il en caressa doucement les tétons durcis.

– Rien... Je... je ne sais plus très bien ce que je dis en ce moment.

– Moi non plus, je ne sais plus, avoua-t-il.

Ses mains frôlèrent la taille de Lacey à la recherche de la fermeture Eclair de sa jupe.

– Vous êtes comme une drogue dans mes veines.

Il cacha son visage entre ses seins, dégrafa le dernier crochet. Elle apparut entièrement nue, satinée sous le doux éclat de la lampe.

– Déshabillez-moi, ordonna-t-il. Je veux sentir vos mains sur moi.

Lacey n'attendit pas davantage. De ses doigts que la passion rendait maladroits, elle lui ôta lentement ses vêtements. A aucun moment, il ne lui vint en aide. Il se tenait immobile, à sa merci.

Elle dénoua la boucle de sa ceinture et glissa les mains sous l'étoffe de son pantalon, libérant ses hanches, ses cuisses, ses jambes, agenouillée devant lui.

– Ce n'est pas à vous de vous mettre à mes pieds.

La voix rauque de Holt l'électrisa. Elle se mit silencieusement à couvrir ses cuisses de baisers si ardents que les mains de Holt se crispèrent violemment dans les cheveux de Lacey.

– Lacey, ma douce Lacey!

Il frémissait sous les lèvres chaudes qui couraient sur sa peau, remontant vers son ventre, sa taille, sa poitrine, tandis que les mains de Lacey labouraient, meurtrissaient son dos.

– Vous voulez ma mort!

Fière de son pouvoir sur lui, elle n'arrêtait pas, ne le lâchait pas. Jamais elle n'aurait pu concevoir qu'un homme s'offre à une femme avec une soumission totale. Mais Holt lui donnait la preuve du contraire.

– Oh!

Elle poussa un cri lorsque d'autorité il reprit l'intiative et la guida vers le lit.

– Holt! Comment aurais-je su?...

Elle n'acheva pas sa phrase. Il était contre elle et ses mains dansaient sur son corps, de plus en plus exigeantes, de plus en plus insatiables.

Lacey s'abandonna de tout son être, elle ne dissimulait plus son désir, et lui ne dissimulait plus le sien. Pendant de longs moments, interminables, chacun prenait, exigeait, offrait à la fois avide et attentif.

Holt l'inonda de caresses voluptueuses jusqu'à ce qu'elle ne soit plus qu'une créature de passion, uniquement tendue vers l'assouvissement de son désir. Il semblait trouver un plaisir infini à sentir l'ivresse monter inexorablement en elle.

Enfin Lacey céda la première et l'attira contre elle de toute sa force. Cruellement il résista quelques secondes, le temps de voir la tête de Lacey rouler sur l'oreiller dans un mouvement mécanique.

– Je vous en prie, Holt. Aimez-moi!

– Vous aimer!

Elle n'avait pas eu conscience des mots qu'elle prononçait mais, quand elle l'entendit les répéter d'une voix enrouée, elle ne tenta pas de se rétracter. Au contraire, elle se tendit vers lui, appelant silencieusement l'accomplissement de leur union. Accrochés l'un à l'autre par leurs ongles enfoncés dans leur chair, ils perdirent la notion du temps. Leur double cri déchira le silence d'un univers où ils étaient seuls, où ils ne faisaient plus qu'un.

– Vous êtes mienne, Lacey. Vous vous êtes donnée toute à moi. Rien ne peut nous séparer...

Elle entendit ses paroles sans chercher à les comprendre. Fondue en lui, elle appartenait corps et âme à l'homme qui la possédait.

La puissance de Holt les emporta encore dans un tourbillon irrésistible, où ils connurent ensemble l'extase ultime, attachés l'un à l'autre dans une étreinte sans fin.

Avant même que les derniers frissons qui avaient ébranlé tout son être s'éteignent, la vérité, aveuglante, transperça le cœur de Lacey. Elle ferma les yeux devant l'évidence et essaya de se persuader qu'elle éprouvait les effets passagers d'un bonheur éphémère. Mais l'évidence de la réalité s'imposa malgré tout : elle aimait Holt d'amour.

Lacey tourna la tête pour le contempler avec émerveillement. Il reposait à ses côtés, les jambes encore mêlées aux siennes. Il était, sans doute, tout à fait inconscient de ce qui se passait en elle.

A son tour, il la fixa avec une paresseuse satisfaction.

– Détendez-vous, je ne vais pas vous chasser. J'ai fait une bêtise une fois, ça suffit!

Il attira sa tête contre sa poitrine, moite de sueur, et lui caressa doucement les cheveux.

– Je ne pourrai plus vous laisser...

Docile, elle resta contre lui pendant quelques minutes, tandis qu'ils communiaient dans la paix. D'ailleurs, elle aurait été incapable de parler.

Décidément, la vie recelait bien des surprises. Tous ses projets, si fermement réfléchis, s'effondraient devant la découverte d'un plaisir qui ressemblait beaucoup au bonheur.

Les larmes lui vinrent aux yeux. Et maintenant? Comment envisager même une amorce d'explication avec Holt? Du reste, tout ce gâchis, c'était sa faute à lui.

Si elle ne l'avait pas rencontré, elle en serait encore à rêver d'un avenir léger et sans attaches. Mais la passion qui la ravageait avait ses racines dans l'amour. Un amour plus fort que tout. Ce qu'elle voulait, c'est s'unir à Holt pour la vie. Elle voulait le mariage.

A la seule évocation de ce mot, Lacey eut un pincement au cœur. Holt lui avait tout offert, hormis précisément le mariage. Elle se rappela tristement ses paroles quand, dans un moment d'égarement, elle lui avait demandé s'il l'aimait un peu. Sa réponse l'avait cinglée.

Soudain, dans le désordre chaotique de ses pensées, l'évidence s'imposa avec plus de force encore. Oui! Elle aimait Holt!

A ses côtés, il bougea et lui caressa doucement le bras.

– A quoi pensez-vous, ma chérie? Vous êtes si tranquille...

– A rien. A rien de particulier...

Comment aborder la question simplement?

– Menteuse, murmura-t-il tendrement. Mais vous avez raison. Nous aurons toute la matinée pour discuter.

Contre toute attente, ils finirent par s'endormir dans les bras l'un de l'autre. C'est le soleil entrant à flots par les fenêtres qui la réveilla. Le corps magnifique allongé à ses côtés en était tout illuminé.

Nerveuse, Lacey sortit tout doucement du lit, ramassa ses vêtements par terre et se dirigea vers la salle de bains. Un vrai paquet de nerfs, voilà ce qu'elle était, pensa-t-elle tristement. La douche chaude ne la calma pas.

Que lui arrivait-il? Avec le jour, elle devait être capable de chasser les fantasmes de la nuit, simple effet de son imagination affolée! L'amour n'entrait pas dans ses projets. Passion, excitation, plaisir et aventure, oui. En somme, tout ce qu'elle n'avait pas connu en Iowa!

Et si justement c'était l'amour qui lui avait manqué là-bas? Sa raison s'insurgea aussitôt. Mais comment combattre le trouble qu'un autre être humain fait naître en vous? Non, pas d'amour entre elle et Holt. Cependant, la seconde d'après, elle se sentait impuissante devant la fatalité.

Supposons, se dit-elle que je sois amoureuse? Et après? Holt ne m'aime pas. Il me désire, il a besoin de moi. A moins que, peut-être il m'aime sans se l'avouer, échaudé par son aventure avec Joanna...

– Est-ce une partie privée ou peut-on y participer?

Lacey ouvrit les yeux et se retourna pour faire face à Holt qui la rejoignit sous la douche. Elle le regarda craintivement, mais il ne parut pas s'apercevoir de son trouble.

– Vous êtes jolie comme un cœur le matin au réveil.

Il déposa un baiser sur son nez.

– A croquer et... troublante.

– Bonjour, Holt.

La surprise l'avait saisie et elle ne trouva rien d'autre à dire, d'autant qu'elle se retenait pour ne pas lui lancer à la figure qu'il bouleversait son avenir. Déchirée par des sentiments contradictoires, elle perdait toute assurance.

Tendrement moqueur, il la taquina :

– C'est tout?

Il attira à lui son corps ruisselant et l'embrassa longuement.

– Hum... Vous avez bon goût aussi le matin!

Il baissa la tête, porta son poignet à sa bouche et y posa un autre tendre baiser. Elle sentit sa langue contre sa peau et retira brusquement la main.

Elle regretta aussitôt son geste. Son attitude hostile ne lui échapperait pas et il lui en demanderait la raison. Mais un coup d'œil furtif lui révéla qu'il n'y avait pas prêté la plus légère attention. Bien plus, tout en se savonnant avec entrain, il faisait des projets pour la journée.

– Que diriez-vous d'un autre tour en bateau, cet après-midi, Lacey? Jusqu'à notre petite crique de la dernière fois? Je pense pouvoir me libérer deux heures. Nous emporterions un pique-nique et nous rentrerions pour l'heure du cognac. Ça vous va?

– Eh bien... oui, je suppose.

Elle se frotta la figure avec une énergie démesurée: tout plutôt que de rencontrer son regard.

– L'été s'annonce fantastique, ma chérie. J'ai décidé de ne plus penser au futur. Prendre ce qui vient et en profiter, n'est-ce pas?

Lacey, obsédée par la nouveauté de la situation, manqua s'étrangler. Elle murmura entre ses dents et se dépêcha de sortir de la douche.

Mais le petit déjeuner fut pire. A sa grande humiliation, elle brûla les toasts, rata les œufs, renversa le jus d'orange, prépara un café ignoble, bref fit tout à l'envers.

Il ne manqua pas de remarquer son trouble, mais il choisit de jouer son jeu.

– Comique! Moi qui croyais que les femmes du Midwest savaient faire la cuisine. Encore une idée toute faite!

– Je *peux* cuisiner convenablement, répondit-elle en se laissant tomber sur le siège en face de lui. Seulement je ne suis pas habituée à votre installation!

Du ton que prennent les hommes pour apaiser les

140

femmes même quand ils n'en pensent pas moins, il la rassura :

– Je comprends. Bon, s'il n'y a pas d'amélioration demain, nous aurons toujours la ressource de monter à l'auberge pour déjeuner.

Alarmée, elle s'écria :

– Je n'ai pas dit que je m'installerai chez vous, Holt !

– Il y a erreur de ma part, admit-il avec douceur. C'est vous qui avez les rênes en main. Nous suivrons vos directives.

La réponse ne lui plut pas davantage. Le cœur battant la chamade, Lacey s'efforçait de tenir jusqu'à la fin du déjeuner, abandonnant à Holt tous les frais de la conversation.

Elle faillit laisser tomber une tasse en débarrassant et Holt qui l'aidait leva les yeux au ciel quand elle rattrapa au vol une pièce de porcelaine.

– Bravo !

Lacey s'apprêtait à lui lancer l'objet à la figure, mais se ravisa en voyant la marque précieuse inscrite à l'envers.

Holt ne parut pas s'apercevoir qu'il l'avait échappé belle. Il acheva tranquillement de transporter sa pile d'assiettes dans la cuisine, puis, il lui lança d'une voix désinvolte avant de disparaître :

– Ah ! si vous avez besoin de moi, je suis au bureau toute la matinée. Et vous, quels sont vos projets ?

Lacey contempla la tasse qu'elle tenait à la main.

– Faire mon examen de conscience.

– Quoi ?

– Non, rien.

Elle se retint de hurler et se ressaisit avant que sa voix ne se brise dans un sanglot. Il reparut à la porte de la cuisine, un sourire détendu aux lèvres.

– Nous pourrions nous donner rendez-vous pour le déjeuner dans la grande salle à manger.

Il regarda sa montre.

– Cela vous laissera tout le temps de piquer une tête dans la piscine et, pourquoi pas, de vous livrer à votre méditation. Quant à moi, je renonce à courir. Nous sommes un peu en retard...

– Oui, oui, ce sera très bien.

– Parfait!

Il semblait totalement satisfait de la vie.

– Je vous attendrai à midi à l'entrée de la salle à manger.

Lacey ravala une réplique. Que pouvait-elle dire? Il agita la main en signe d'adieu et s'éloigna à grandes enjambées avec un enthousiasme spontané qui donna à Lacey envie de crier. Comment osait-il se comporter comme si tout était pour le mieux dans le meilleur des mondes? Ne voyait-il pas qu'elle se consumait?

Elle regagnait son bungalow quand elle entendit la sonnerie du téléphone. Lacey contempla l'appareil, sans aucun doute sur l'identité de l'interlocuteur. Elle faillit ne pas répondre, n'étant pas d'humeur à parler à quiconque, encore moins à sa famille. Personne ne la comprenait donc ce matin? Elle en voulait à l'univers entier et décrocha avec écœurement.

– Allô maman? dit-elle sans prendre la peine d'attendre.

– Lacey, Lacey, que se passe-t-il? Ton mari vient de nous appeler.

– Mon ex-mari.

– Un homme, nous a dit Roger, a répondu chez toi à une heure avancée de la nuit. Un homme qui se prétendait ton fiancé!

– Roger a de bonnes oreilles, observa Lacey sèchement.

– Quoi?

– Eh bien, quoi?

– Est-ce vrai?

Mme Seldon était exaspérée.

– Plus que vrai. Et maintenant, si tu permets, j'ai autre chose à faire ce matin.

– Lacey, ne raccroche pas! Je veux savoir ce qui se passe!

– Je suis fiancée. Rassure-toi, maman, tu l'aimeras.

Lacey raccrocha avec précaution et prit rapidement son maillot sans laisser à sa mère le temps de rappeler.

Sur le chemin de la piscine, elle s'arrêta dans le hall et fit un signe de main insouciant à George.

– Bonjour, George. Je suis à la piscine. Je ne prends aucune communication d'Iowa. D'accord?

– D'accord, mademoiselle Seldon.

Il haussa un sourcil en signe d'interrogation muette, mais n'ajouta rien.

Lacey ne se donna pas la peine de répondre à la question silencieuse. Elle avait trop à faire avec elle-même.

10

Lacey profita de ce que la piscine était déserte à cette heure matinale pour nager à loisir.

Elle cherchait à calmer ses nerfs par un exercice physique. Pas besoin d'être fin psychologue pour le comprendre, se dit-elle avec rage, tandis qu'elle reprenait son souffle et faisait surface.

Mais la situation lui apparut sous un jour plus sombre encore. Elle essayait de se raisonner, rien n'y faisait. Rien d'autre ne comptait que Holt Randolph. Et Holt se satisfaisait d'une liaison sans suite.

Elle sortit de l'eau et secoua rageusement ses cheveux trempés avant de saisir sa serviette.

Qu'est-ce qui, la nuit dernière, avait pu la mettre dans un état pareil ?

La capitulation de Holt y était pour quelque chose. Elle serra les dents et se dirigea vers les cabines pour renfiler son jean et sa vieille blouse trop large. Holt avait toujours poussé à un engagement définitif.

Jusqu'à la nuit dernière... où il l'avait prise au

mot. Mais elle ne voulait plus qu'on la prenne au mot! Les rôles étaient inversés. C'était risible.

Elle sortit de l'établissement en traînant les pieds, passa chez elle mettre son maillot à sécher, puis décida d'une courte promenade le long du rivage planté d'arbres. L'air frais ne pouvait lui faire que du bien. Elle avait besoin d'une seule chose : éclaircir ses idées!

Mais elles se bousculaient dans son esprit sans lui laisser de répit. Elle voulait Holt. Non, elle voulait davantage. Le mariage. Eh bien, se dit-elle douloureusement, je suis seule maintenant à envisager cette union définitive entre nous.

Et son brillant, son merveilleux avenir? Après l'avoir si longuement mûri, allait-elle le rayer d'un trait? Elle essaya de se rappeler son excitation à la perspective d'une existence inconnue, riche d'aventures, qui l'avait tant séduite. Voilà que maintenant elle n'arrivait à penser à rien d'autre qu'à la passion qui la ravageait.

Etait-elle victime de son propre piège? Prenait-elle une simple attirance physique pour de l'amour?

Parvenue au bout du chemin, Lacey fit demi-tour et bifurqua en direction de son bungalow. Non, elle était parfaitement capable de faire la différence. Elle avait beau avoir mené une existence étroite et limitée, elle en savait assez pour distinguer le désir de l'amour. Ses sentiments envers Holt allaient bien au-delà d'un attrait physique. Lacey avait envie de le protéger de Joanna, elle prenait plaisir à sa conversation, même la plus futile, elle aimait se disputer avec lui, et tant d'autres choses encore... En un mot, elle l'aimait.

Son esprit était encore sous le choc de la révélation qui l'avait terrassée la nuit dernière. Toutes ses pensées l'étouffaient.

La capitulation d'un homme la plongeait dans une terrible situation dont elle se demandait comment sortir. Elle ne pouvait s'en prendre qu'à elle-même! Hier matin, au moins, elle s'était payé le luxe d'une dispute!

De retour dans sa maison, Lacey arpenta le salon, incapable de mettre dans sa tête un ordre qui devenait urgent. Il restait peu de temps avant le retour de Holt. Que lui dirait-elle? Comment expliquer sa nervosité?

S'agiter en tous sens n'était sans doute pas ce qu'il y avait de mieux à faire. En désespoir de cause, Lacey sortit sur la pelouse derrière chez elle. Ce n'était pas son heure habituelle de méditation, mais elle éprouvait le besoin de se ressaisir dans cet endroit calme et retiré.

Elle s'installa dans son attitude habituelle. Mentalement, elle ordonnait à son esprit de se détendre, à ses nerfs de se calmer tout en relaxant ses membres.

Le monde alentour sembla retrouver sa sérénité ordinaire et Lacey pensa qu'elle aurait dû commencer par là. Elle ferma les yeux, jambes en tailleur, le dos de la main sur les genoux.

Elle s'efforça un long moment de faire le vide, portant son attention sur la brise légère venue de la mer, qui agitait ses cheveux et soulevait légèrement sa blouse. Le soleil dardait sur elle ses chauds rayons et elle imagina qu'elle en absorbait la chaleur.

Lacey laissa d'abord son esprit voler librement puis, peu à peu, elle trouva le point sur lequel se concentrer : ses sentiments pour Holt.

Posément, elle attendit que ses idées se mettent en place. Elle était venue dans l'Ouest chercher des réponses. En Iowa elle avait imaginé tout naturellement que la clé était dans une vie totalement nouvelle, hors des sentiers battus.

Elle venait de découvrir non seulement que là n'était pas la solution, mais aussi que Holt était la réponse à toutes ses questions. Elle avait failli ne pas le voir.

Lentement, la tension en elle se relâcha; elle était

apaisée, ses idées étaient parfaitement claires. Le sentiment de découragement total qui la torturait fit place à une certitude que les gens de l'Ouest auraient qualifiée d'entêtement du Midwest. Elle savait ce qu'elle voulait. Restait à savoir si Holt désirait la même chose.

Inconsciente de l'heure, les yeux clos, Lacey se laissait aller à une sorte de quiétude. La senteur des bois et de l'herbe lui parvenait par effluves; elle était seulement consciente de la dureté du sol sous elle; les oiseaux pépiaient dans les arbres.

Puis, tout à coup, elle perçut un changement d'atmosphère et ouvrit lentement les yeux. Holt était accroupi en face d'elle, avec, aux lèvres, un sourire incroyablement tendre. A côté de lui elle vit un panier.

– Une autre crise? demanda-t-il doucement.

Elle le regarda.

– Je vous aime, Holt.

– Je le sais.

Il s'assit.

– Vous avez faim? Quand je ne vous ai pas vue au déjeuner, j'ai décidé de venir aux nouvelles...

– Vous le savez! Que voulez-vous dire? s'écria-t-elle, le souffle coupé.

Il cessa de fouiller dans le panier et leva les yeux, un étrange sourire aux lèvres.

– Je l'ai su dès que je vous ai eue dans mon lit, même si j'étais fou furieux que vous vous refusiez à le reconnaître. Les petites bibliothécaires du Midwest ne sont pas très fortes pour la dissimulation quand elles sont dans les bras d'un homme! Vous vous êtes donnée à moi, complètement, comme seule peut le faire une femme prête à s'engager définitivement avec un homme. De plus, une telle femme ne se rongerait pas les sangs parce que cet homme a été humilié par une ex-fiancée!

– Je vois que vous êtes expert en la matière.

Une partie de son calme disparaissait devant le

flegme avec lequel il accueillait la révélation de son amour.

Avec une désarmante simplicité, il déclara :

– J'ai accepté de me plier à toutes vos conditions, mais je savais que seul compte ce qu'il y a entre nous.

Il prit dans le panier une bouteille de vin rafraîchie et entreprit de la déboucher.

– Holt, cessez de tripoter cette bouteille et écoutez-moi. J'ai dit : je vous aime. Ce qui, dans mon pays natal, complications mises à part, signifie le mariage.

Il sembla considérer que l'hypothèse méritait une certaine attention, et resta immobile, les mains sur le col de la bouteille.

– Quelle sorte de complications ?

– Si vous... si vous ne m'aimiez pas, d'abord.

Il s'attaqua de nouveau au bouchon.

– Alors, il n'y a pas de complications, n'est-ce pas ? Naturellement que je vous aime, petite sotte. Je vous ai aimée dès l'instant où je vous ai vue.

– Holt !

Lacey lui arracha la bouteille des mains et la posa brusquement dans le panier. Puis elle se jeta dans ses bras. Ses yeux étincelaient quand elle rencontra les siens. Elle haletait, et n'essayait plus de cacher son trouble.

– Expliquez-vous ! Vous m'aimez ?

Il l'étreignit de toutes ses forces et écarta doucement ses cheveux de son visage anxieux.

– Je vous aime, c'est vrai. J'avais décidé de vous épouser une fois que vous auriez renoncé à toutes vos folles idées d'un avenir rempli d'une succession d'aventures creuses et dépourvues de sens. Si vous ne voulez pas me croire, demandez donc à votre mère, ajouta-t-il avec malice.

– Ma mère !

– Hum... Il fallait bien que quelqu'un lui parle ce matin. Le pauvre George s'arrachait les cheveux à

148

force de lui expliquer que vous ne preniez aucune communication d'Iowa.

– Mon Dieu!

Lacey le fixa, prise de vertige en imaginant sa mère en train de discuter avec Holt de la question.

– Rassurez-vous. Elle est éperdue de reconnaissance parce que je vais vous sauver, Dieu seul sait de quoi, au point que je fais déjà partie de la famille. Roger, vous serez heureuse de l'apprendre, est désormais relégué au pauvre rang de dindon de la farce!

– Ma mère est une femme de bon sens.

Roger représentait la planche de salut tant qu'il était seul en piste. Avec l'apparition en scène d'un nouveau parti, son sort était réglé.

– Suis-je à vos yeux une bonne affaire?

Toute trace d'humour avait disparu de sa voix tandis qu'il la serrait plus fort.

– Vous êtes sûre de vous, Lacey? Je ne supporterais pas que vous changiez d'avis dans l'avenir. Je ne vous laisserais pas...

– N'ayez pas peur. La nuit dernière, lorsque vous avez cédé et déclaré que vous vous rendiez à mes conditions, j'ai compris que j'avais changé d'avis. Je veux un engagement pour la vie. J'attendais que vous en reparliez.

Il répondit tranquillement:

– Car vous compreniez enfin que c'était l'aspiration de votre vie. J'étais si sûr de votre amour que j'ai résolu de prendre le risque de vous le laisser découvrir par vous-même.

– Ne me dites pas que vous avez délibérément flirté avec Joanna devant moi?

– Un peu, peut-être. Je tentais quelque chose...

– A propos, où est Joanna? Lui avez-vous annoncé nos fiançailles?

Il hésita avant d'avouer:

– Oui, avant de vous rejoindre hier soir!

Lacey fut partagée entre l'indignation et l'envie de rire.

– Et qu'auriez-vous fait ce matin si je n'avais pas accepté si gentiment de venir à votre aide?

– Grâce à Dieu, la question ne s'est pas posée. Vous avez trop de cœur pour me livrer sans défense à une ancienne passion...

– Vous, sans défense! Holt, vous la craignez encore?

– Ne dites pas de bêtises. Mes sentiments pour Joanna sont morts depuis belle lurette. Même alors, ce que j'éprouvais ne peut se comparer à ce qui nous unit. Je n'aimais pas Joanna, tandis que vous, je vous aime pour la vie! En vous envoyant au front, j'essayais simplement de vous attacher davantage à moi. Je ne m'esquivais pas le moins du monde!

Comme frappée par une pensée subite, Lacey demanda :

– Et elle, elle cherche toujours, n'est-ce pas?

– Elle cherche?

– Joanna vit actuellement la vie dont je croyais rêver. Elle est revenue ici pour récupérer ce qu'elle a perdu.

– Joanna ne s'intéresse à moi que dans la mesure où elle pense pouvoir me convaincre de mener son genre de vie. L'argent, le luxe, la vie superficielle, voilà ce qu'elle aime. Elle ne se donne pas. Et puis, même si elle le pouvait, à présent je ne suis plus libre.

Il sourit, et effleura les lèvres de Lacey.

– Je suis définitivement enchaîné par une petite obstinée du Midwest qui a fait deux mille kilomètres pour me réclamer!

Lacey poussa un soupir de contentement.

– Vraiment, vous êtes tombé amoureux de moi dès que vous m'avez vue?

– Comment en serait-il autrement? Je vous ai attendue toute ma vie. Vous ne saurez jamais la panique qui m'a saisi quand j'ai découvert que vous partiez en quête d'une vie folle, qui ne vous convenait pas du tout, j'en étais sûr. Mais comment vous le faire admettre?

– Vous ne m'avez jamais parlé d'amour ni de mariage.

– Comment diable aurais-je pu? Chaque fois que le sujet venait sur le tapis, rappelez-vous, vous faisiez preuve d'un superbe dédain. Vous rejetiez toute proposition sérieuse. Quand j'ai alors tenté de vous offrir une idylle durable, vous avez encore opposé une fin de non-recevoir. Et vous vous étonnez que je n'aie pas proclamé mon amour?

– La nuit dernière, vous étiez prêt à prendre ce qui s'offrait à vous?

– Pas tout à fait. J'étais sûr de votre amour et je pouvais prendre le risque de feindre de capituler. Je comptais sur une autre nuit avec moi pour vous ouvrir les yeux. Ce matin, au réveil, j'ai compris que les choses prenaient bonne tournure.

– Bonne tournure?

Lacey bondit.

– Quelle façon de décrire les choses! J'étais une épave toute la matinée!

– Et, d'après vous, je ne m'en rendais pas compte? C'est là que j'ai eu toutes les raisons d'espérer. Je pouvais voir votre petite cervelle en effervescence devant votre découverte. Tout votre avenir n'a-t-il pas défilé devant vos yeux? demanda-t-il d'un ton tendrement taquin.

– J'ai passé une matinée atroce, Holt Randolph. Et ce n'est pas très généreux de votre part d'en rire!

– Vous avez raison. C'est que je suis tellement soulagé!

– Qu'auriez-vous fait si je n'étais pas parvenue à mes brillantes conclusions ce matin?

– J'avais tout l'été pour vous faire comprendre. J'aurais laissé notre idylle se poursuivre selon vos conditions jusqu'à ce que vous trouviez toute seule la conclusion.

Une étincelle de culpabilité s'alluma dans ses yeux.

— Dans un certain sens ma capitulation de la nuit dernière n'était pas feinte. J'étais prêt à prendre ce qui m'était donné. Mais je désirais tellement plus, et vous aussi, j'en étais sûr.

Il s'interrompit, et sa bouche eut une moue de soulagement.

— Vous m'en avez fait voir de toutes les couleurs ces jours-ci!

— Et moi donc! Vous avez tout simplement réduit à néant tous mes beaux projets!

— Il va vous manquer, cet avenir doré? murmura-t-il doucement, les lèvres dans ses cheveux.

— Non! Je l'ai remplacé par quelque chose que je désirais bien davantage. Je ne l'ai pas compris tout de suite. Que voulez-vous? Je n'avais pas votre expérience!

— Dieu merci! Quand je pense à ce que cette existence aurait fait de vous! Que vous le vouliez ou non, vous êtes marquée par l'éducation de votre petite ville, j'en étais convaincu au départ. Mais, la première nuit que je vous ai tenue dans mes bras, quand vous m'avez demandé si je vous aimais un peu, alors il n'y avait plus de doute possible.

Elle cacha son visage dans sa chemise.

— Pourquoi ne m'avoir rien dit?

— Je craignais que cela n'en retarde que davantage le dénouement. En plus, j'étais plutôt exaspéré ce soir-là. N'oubliez pas que je vous avais surprise embrassant Todd dans ma piscine!

Elle ne tenait pas du tout à poursuivre sur le sujet de Jeremy.

— Ça ne signifiait rien.

— Je sais. Une petite expérience. La première d'une longue série, si vous aviez suivi votre idée. Je désirais l'arrêter avant de devenir fou!

— Une expérience réussie, pourtant.

— Comment ça? cria-t-il.

— Quand Jeremy m'a embrassée, j'ai conclu aussitôt que ses baisers ne pouvaient se comparer aux vôtres!

– Suffit maintenant les expériences, mon amour!

– Promis! Vous êtes le seul homme que je désire, Holt. Je vous aime tant!

– Voilà qui mérite d'être célébré! Je propose que nous ouvrions cette bouteille et que nous trinquions à notre avenir. Sinon, je suis capable de vous faire l'amour, ici, devant tout le monde!

Holt acheva de déboucher la bouteille, il versa le vin dans les verres à pied et lui en tendit un. Silencieusement ils se regardèrent par-dessus le cristal, puis trinquèrent à leur avenir.

Lacey déposa son verre avec un regard malicieux.

– Vous, gens de l'Ouest, vous avez le chic pour faire les choses. Boire du vin à cette heure dans des verres de cristal, assis sur l'herbe!

– Nous faisons de notre mieux, dit-il avec modestie. Mais, personnellement, je suis prêt à apprendre les us et coutumes du Midwest.

Il reprit son sérieux un instant.

– Ah! j'allais oublier! George m'a remis cela pour vous...

Il lui tendit une longue enveloppe, au dos de laquelle était clairement indiqué: « Hawaii ». Il observa Lacey sans réussir à dissimuler une certaine appréhension.

Elle jeta un œil sur l'enveloppe puis, lentement, la déchira en deux, laissant ostensiblement les morceaux s'éparpiller sur le sol.

– Au sujet de ma future carrière...

– Au sujet de quoi, ma chérie?

– Vous vous rappelez mon idée de monter une boutique?

– Oui.

– Il me vient à l'esprit que ce genre de boutique serait utile ici, dans l'île. Tous ces touristes oisifs n'ont pas l'occasion de dépenser leur argent en dehors des repas et boissons.

Le visage de Holt se détendit. Il lui prit le verre des mains et le déposa sur le dessus du panier. Lentement, avec l'air heureux d'un homme qui tient entre ses mains l'objet le plus précieux de sa vie, il l'attira dans ses bras.

– Bienvenue chez moi, Lacey, mon amour, dit-il avec une douceur infinie. J'ai eu si peur que vous ne compreniez pas que votre place est chez moi!

– Si vous connaissiez le bon sens célèbre des petites bibliothécaires du Midwest, vous n'auriez jamais douté un seul instant de la fin de l'histoire.

Elle leva son visage pour l'embrasser, totalement comblée par son merveilleux avenir.

9

RITA CLAY

Au hasard d'un caprice

Pour réussir un bon article, il faut payer de sa personne. Voilà l'opinion de Victoria Brown, journaliste décidée à aller jusqu'au bout. La meilleure façon de savoir ce que cachent les petites annonces matrimoniales de l'Anderson Report, c'est d'en publier une.

Bonne technique! Kurt Morgan, président du très célèbre Newstime Magazine, pense exactement la même chose.

Résultat: quand Kurt Morgan et Victoria Brown se rencontrent, aucun ne comprend pourquoi un être aussi séduisant a besoin d'utiliser les annonces...

Comment vont-ils sortir de ce jeu truqué?

10

ALANA SMITH

Sortilèges dans les îles

Il a suffi de quelques photos, prises en
s'amusant au cours d'un déjeuner, pour faire de
Diana Nolan, employée dans la société des
Cosmétiques Treneau, la vedette de la
campagne de publicité destinée à lancer le
parfum "Bien-Aimée".

Une nouvelle vie commence pour Diana:
voyages, photos... un tourbillon de succès!

L'inaccessible Paul Treneau lui-même, le très
mystérieux et très séduisant président de la
société, organise un séjour de travail dans sa
propre demeure à Hawaii, l'île enchantée...

Mais Paul Treneau n'est pas un inconnu!
Elle l'a déjà rencontré dans des circonstances
qu'elle préférerait oublier. Va-t-il se souvenir
d'elle? Faut-il qu'il s'en souvienne?

BILLIE DOUGLASS

Les délices de Serena

Après une jeunesse et une adolescence gâchées
par une vilaine affaire, Serena West a
courageusement bâti sa vie loin de son passé, à
Minneapolis. Son magasin de confiserie,
"Les Délices de Serena", y obtient
un énorme succès.

Justement ce soir-là, au restaurant, elle discute
avec son financier d'agrandissement, de
succursales... Par hasard, son regard croise celui
d'un homme assis plus loin. Un très bel homme.

Serena pâlit. Cet étranger, elle le connaît.
C'est Tom Reynolds, celui qui a ruiné sa vie
autrefois!

Que fait-il ici? Et pourquoi l'observe-t-il avec
une telle ardeur au fond des yeux?

Série Romance

Achevé d'imprimer sur les presses de l'imprimerie Brodard et Taupin
7, Bd Romain-Rolland, Montrouge. Usine de La Flèche,
le 20 octobre 1983. ISBN : 2 - 277 - 85012 - 8
1304-5 Dépôt légal octobre 1983. Imprimé en France

Collections Duo
31, rue de Tournon   75006 Paris
diffusion France et étranger : Flammarion